心　路

李志石　著

陕西新华出版
太白文艺出版社·西安

图书在版编目（CIP）数据

心路 / 李志石著. -- 西安：太白文艺出版社，2024.11. -- ISBN 978-7-5513-2668-1
Ⅰ. I267
中国国家版本馆CIP数据核字第2024Y4V926号

心路
XIN LU

作　　者	李志石
责任编辑	张　鑫
封面设计	刘柏宸
版式设计	建明文化
出版发行	太白文艺出版社
经　　销	新华书店
印　　刷	固安兰星球彩色印刷有限公司
开　　本	787mm×1092mm　1/16
字　　数	179千字
印　　张	12.5
版　　次	2024年11月第1版
印　　次	2024年11月第1次印刷
书　　号	ISBN 978-7-5513-2668-1
定　　价	68.00元

版权所有　翻印必究
如有印装质量问题，可寄出版社印制部调换
联系电话：029-81206800
出版社地址：西安市曲江新区登高路1388号（邮编：710061）
营销中心电话：029-87277748　029-87217872

目 录

第一辑 沙地文化的生香

我与香台头	003
不一样的海，不一样的人	010
寻根问祖之旅	021
从乡愁到愁乡	024
吃中饭为何叫吃点心	026
"玉米糁饭"和"老麦饭"	029
"叛夜摸"的乐趣	031
看不够的大海	034
祖宅的"四汀宅沟"	038
筲箕、汰篮哪里去了？	041
沙地人做寿	043
"照新房""看新人"	046
儿时我也想过飞上天空、潜入蚁穴	049
"寻宝"之外的探索	052
过 年	056

农民就是田园的舞者…………………………………………… 060

月季花开………………………………………………………… 065

第二辑 乡间的心路

感　恩…………………………………………………………… 069

对陌生人的善意之心…………………………………………… 072

真诚待人，以心换心…………………………………………… 074

做事容易做人难………………………………………………… 077

别留遗憾………………………………………………………… 080

雪　后…………………………………………………………… 082

保持真诚的勇气………………………………………………… 084

简单的快乐……………………………………………………… 086

尊重的魅力……………………………………………………… 089

熬出的成功……………………………………………………… 092

潜　力…………………………………………………………… 095

人的最大障碍是思维障碍……………………………………… 097

沉稳，是一种自胜之力………………………………………… 100

自律，可以心想事成…………………………………………… 102

学会适当地弯腰………………………………………………… 104

等等自己………………………………………………………… 107

认识自己的无知，也是智慧…………………………………… 109

跟自己和解……………………………………………………… 111

平平淡淡才是真………………………………………………… 113

危机感也是自己的朋友	115
不设防的轻松	118
自己也是值得感谢的	120
学会培养自己	123
活在当下	126
给人生画标点	129
人生没有那么多的"如果"	132
从哭着经历，到笑着懂得	134
成功的背后	136
更新认知	138
对缺憾的回味	140
误解，是最糟糕的距离	142
突破常规思维的收获	145
有序的生活，是人生的自在	147
无愧良心	150
不认真地年轻，就会糊涂地老去	153
关爱父母	156
父母值得你更多的爱	158
享受平凡	160
寻找有趣的灵魂	163
"无厘头"	165
渴　望	167
两种能量	170
学习做人是一辈子的事	173

学习如何学习…………………………………………… 177
读　书………………………………………………… 180
你知道黑天鹅吗？…………………………………… 182
充满活力地思考……………………………………… 185
时间的自由…………………………………………… 188
条条道路通罗马……………………………………… 190
外　在………………………………………………… 193

沙地文化的生香

《金花老树》张正忠

我与香台头

我是土生土长的香台头人。

香台，位于江苏省如东县大豫镇东北部。

民国时期，当地有5个农民为了乞求上天保佑这里风调雨顺，庄稼有个好收成，便用木头和毛竹搭起来一座高五六米、宽三四米烧香的台子，供人们烧香拜佛，因此而得名"香台"。

我说的香台头，不只是香台这个地方，而是泛指香台周边。本地人叫它香台，我们从启东、海门外迁来的"沙地人"叫它"香台头"。

曾经，香台头这个地方还是一片汪洋。随着长江河道挟带泥沙入海，在海浪、潮汐、洋流等各种力量的共同作用下，泥沙不断淤积，越积越高，慢慢露出海面。到清末民初，沿海滩涂已经形成陆地，成为芦苇、茅草的生长地，具备围海造田的条件。1916年，民族实业家张謇创办大豫盐垦公司，招募民众筑堤围垦，才有了香台头人垦荒种地的一幕。

我家离香台只有300多米。60多年前，120多岁高龄的邻居潘爷爷曾经说，他清晰地记得，小的时候曾在我家门口的滩涂上踩到过文蛤。我家的屋基要比邻居人家高出一两米，因为这当时是海里的一个盐墩子。1962年那场大洪水，邻居们的房屋都被淹了，我们家因为地势高，下面又堆满了文蛤的壳子，所以没有被淹。这说明，我们香台头成为陆地的历史，也就是110多年。

每个人都有乡愁情结，这不是表面的说辞，而是一种从自己骨髓里自带的东西。一个人，无论你走到哪里，也无论走多远，一般都会在故乡情结中徘徊良久。别离之愁、思归之渴，这种情结如同形形色色的生命一样古老而常新。

我每次回到老家香台头，总喜欢到处走走，边走边想，有时甚至在心里一遍又一遍地默念着香台头的名字。下雨了，起风了，我幻想着香台头和我同在一把伞下，并肩走在这风雨交加的路上。尤其是独自走在铺满落叶的小径上，呼吸着大海的咸味和庄稼的土香味，静静地享受一份静谧，这感觉才是老家的味道。

香台头，在中国的版图上小得不足挂齿。它也和千千万万的村落一样，非常普通。但我觉得，它与其他普通村落大不相同。

我打小就知道，香台在七贯，走上3000米，到十贯就是大海。香台朝东的那一片，不是绿色的草地，就是泛白的盐碱地，过了大堤就是黄色的海滩，涨潮时，就是波涛滚滚的大海。可有谁知道，在这块彩色的土地上，却有专属的红色记忆。

我经常散步走到香台村南头的"鲍家坝"，这里就有红色的故事。当年清乡时，日本鬼子筑起的竹篱笆就是从长江之滨的天港朝北经丁埝朝东一直到鲍家坝。很著名的"火烧竹篱笆"的故事，有许多就发生在这里。

香台西南方向靠得最近的一个镇，就是南坎古镇。

1944年6月26日，新四军打响了南坎战斗，从这个战斗开始，经过兵房、三余、海门、启东，一直朝南打到长江边，历时5个多月，统称"南坎战役"。这是中国抗战史上值得纪念的一场战役。为此，我还专门策划过一部有关"南坎战役"的电视纪录片，有些珍贵的片段，还在央视军事频道播出。当年，香台头的老百姓都积极参与并支持南坎战役，发生了无数可歌可泣的故事。

香台朝北300多米有座桥，叫施家桥。这是民国八年（1919），修建于七贯河上的小木桥，它在历史上也有过辉煌的一页。

在抗日战争和解放战争时期，新四军老七团、县警卫团、民兵联防队经常在香台和南坎一带活动，尤其是抗日战争时期，新四军后方医院就设在施家桥附近的老郎村一带，每天晚上都有运送伤员的担架队和小木车从桥上通过。这座桥成了中国伤病员的"救命桥"。

我小时候还听过"九龙舍"的故事。听我以下海捕捞为生的邻居父辈们说，涨潮了要是来不及跑，就逃到那里保命。这个"舍"，就是土墙棚屋。一排9座相连的棚屋，从远处看，好像9条栩栩如生的卧龙。抗日战争和解放战争时期，老百姓为躲避战争，纷纷向海上逃难。有的躲到海船上，有的就逃到"九龙舍"上。涨潮时，舍的四周汪洋一片。敌人只看见舍的影子，不见人踪，便不再深追。"九龙舍"也是当时部队的"大后方"和转运站。敌人对沿海陆地封锁时，解放军伤病员的转移，军需物资的供应，有许多就依靠"九龙舍"。启东、海门几次战斗中的伤病员，也在"九龙舍"上临时住过，然后由渔船转送后方医院。电影《51号兵站》的故事里讲述我们这里从海上向上海运送军需物资，也经过了这片海域。

香台头，是革命老区之一，香台头也是一块英雄辈出的热土。这里有28位烈士，先后为民族解放、祖国新生和人民的幸福前仆后继，浴血奋战，在各个时期，特别是在抗日战争和解放战争中，献出了宝贵的生命。还有3位热血青年在对越自卫反击作战中，续写了一曲英雄的赞歌。

1956年，香台村人民以大局为重，将总面积6.3平方千米的土地无条件地奉献给国家，建设国营如东农场。把原来居住在那块土地上的农户搬迁到香台村，在香台村的南边建了一个狭长地带的"小农庄"，小农庄上的居民就是从农场搬迁过来的。土地对农民来说就是命根子，土地资源本来并不富裕的香台村，这样一来，土地就更稀缺了。这种无私奉献的大局观，值得被历史记住。

1958年，我第一次看到大型拖拉机，就是在如东农场。我像山沟里的孩子第一次看到火车一样，感到无比神奇。我们一帮小屁孩追着拖拉机满世界地跑，嘴里还不断地喊着"拖拉机轰隆隆，上面坐着个大英雄"。从那时起，农场越来越兴旺，农业工人的待遇也比我们普通农民要强，他们是国家发给工资的。2001年，如东农场又回归大豫镇管辖。现在的农场社区，是香台村如兄弟般的近邻。知识青年上山下乡的年代，农场有1500多名来自上海、南通、苏州、如东等地的知识青年插场劳动。知青们很向往如东农场这个"第二故乡"。近些年，知青们还时不时地组织到如东农场的"探亲"活动，到离农场很近的香台头买一些他们当年很熟悉现在又买不到的食品和用具等，给自己留一些当年的纪念。

我是沙地人，我的祖籍是海门万年，我的祖父就和当年他们那一代的许多年轻人一样，是第一代来香台头的拓荒者。

香台头的居民80%都是沙地人，都是从海门、启东一带迁移过来的。沙地人在如东当地人数中占比很小，我们戏称自己是"少数民族"。沙地人性格豪爽，说话不喜欢拐弯，直来直去，更不喜欢溜须拍马。当然，这种性格也有容易得罪人的缺点。但沙地人团结性很强，谁要是被欺负了，沙地人就会一致对外。哪怕是两个沙地人刚刚吵了架，只要有人欺负了沙地人一方，他们会义无反顾地站出来帮助对付外人。

追溯到更久远的历史，香台头的沙地人中一部分人的老祖宗是浦东人，浦东人才是"土著"的上海人。后来，浦东人又有一部分人迁移到崇明。崇明又有人迁移到启东、海门，我小时候就听说有"崇启海一家"的说法。启东和海门的人口密集了，又有一部分人来到如东、东台、大丰等地沿海垦荒，香台头的沙地人就是其中的一部分。

香台头与上海有着极深的渊源。所谓语言相近、地缘相接、人员相亲，这只能形容两地的邻居关系，血脉相通才是关键。

崇明人与启（东）、海（门）人确实同属一个族群。1400年前，长江入海口首先孕育崇明岛，崇明先民渔樵而居。200年前，崇明之外又生新岛，先民们再次挥楫踏岸，成为启（东）、海（门）先民。"句容迁崇明，崇明迁启海"已成为这一地区人们迁徙公认的历史正解。崇（明）、启（东）、海（门）人勇于拓疆、不畏艰险的垦拓精神一脉相承。

20世纪70年代，我国改革开放的政策极大地鼓舞了勇于开拓、不畏艰险的香台头人。他们三五成群地出入上海，接收新信息，做起了买卖。他们在当地发展种植、养殖业，办起了家庭加工厂。其中有一批人凭着自己的瓦工和木工技艺，参加了上海的城市建设，有的从建筑"包工头"做起，最后当上了房地产的老板；有的在上海购房置业，有的在上海创办企业，成了一批又一批的新上海人，还有人将上海作为跳板到海外办企业。

同样是以种田为生的如东人，在农户们还是养着一头猪、几只鸡的时候，终年面对大海、视野开阔的香台头人凭着敏锐的目光，善于捕捉商机的头脑，敢作敢为，拉动了这里的商品经济。我曾经写过《香台头：47户人家自办"农民一条街"》，刊登在20世纪70年代的《中国财贸报》上。接着，《新华日报》又以《海边农村崛起了一座'小香港'》为题，报道了香台头人发展商品经济的事迹。

香台头这个地方，虽然不是什么建制镇，但在计划经济的年代，学校、粮站、供销社、银行、食品站、棉花收购站等体制内的单位都有。

在外工作时，常常有人问我，你是哪里人？我会说，我是江苏如东人。再问得详细一点，我会说我是香台人。有人问，香台是什么来历？我懒得解说，就说是中国香港的"香"，中国台湾的"台"。问我地名的人立马变得肃然起敬起来，让我的心里泛起一阵阵窃喜。

我在上海工作、生活了20多年，能说一口流利的上海话，许多当地人也误认为我是上海人。其实，我充其量也只是一个上海的乡下人，乡下的上海人。我能说上海话，除了我有较强的语言学习能力外，还得益于我们的老祖宗。因为我们的沙地话是以启海语音为基础，是保存较为完好的古吴汉语，与上海话很接近。沙地话有的地方比普通话生动幽默，有趣传神。沙地民俗文化，渗透着沙地人的人文精神。那些诞生礼、婚礼、寿礼和丧葬礼等活动，那些吃"重阳糕"，吃"腊八粥""斋田头""烧羹饭"等习俗，至今仍保留和传承着。这些习俗都烙上了沙地人的个性色彩，有许多我还记忆犹新。

时代的变迁，我的老家香台头变得越来越美了。

我虽然19岁就离开了香台头这块衣胞之地。但对这里的一草一木，甚至是一碗沙土，几棵野菜，都寄予了深厚的情怀。香台头，永远是我值得骄傲的地方，也是一个写不尽乡情、乡愁的地方。

如今，我也在香台头翻建了我家的老屋。平日里，我享受着繁华的大都市和僻静的小乡村"二元结构"的生活。退休了，我还是喜欢田园风光更多一些。

最近的一天夜晚，我被老家围墙上的一阵撞击声突然吵醒，蒙眬中听到了叽叽喳喳的吵闹声。第二天一早，我去问邻居是怎么回事儿，他们回答说这是野鸡在嬉闹。这是不是告诉我，我们老家的生态变好了，久违的野鸡又回来了。

是啊！我们不用跋山涉水去寻找更蓝的天、更清的水、更绿的树、更红的花，在香台头这个地方，就能看到无比美丽的风景。香台头的油菜花很黄，麦苗很绿，梨花很白，桃花很艳，水泥路很直，农民的住宅与田野的分割空间很大，这是香台头人的福分。

过两天就是清明节了，清明节回老家香台头扫墓的人们，你们可以放下沉重的旅行包，拖着疲劳的身躯回香台头看看，原来如此熟悉的香台头，有着最朴实、最简单却又最动人的美丽风景。

工作的忙碌和繁重的学业，或许会冲淡我对香台头的记忆和热情。可是我不能不承认，香台头这个地方才是我魂牵梦绕的地方。儿时的玩伴走散了，有些亲人离我们而去……每当想起这些，心里自然有种说不出的酸楚。

随着心的河流向故乡漂流，向故乡漫溯，我也经常在问自己，能不能给振兴乡村中的香台头做一点力所能及的事呢？哪怕是微小的一件也行。

前些天，我在香台村村委会办公室里，与村党支部书记仇小华一边喝着春茶，一边聊起了香台村的发展规划。这次聊天让我有一种莫名的兴奋和激动，这远远胜过一次大餐的招待，这是在敲响香台头希望的钟声，年轻的领头人期待用超越前人的行动，在灿烂的季节里与香台头重逢。

我们再也不能错过了，错过的一切如同错过的时光一样，一辈子无法找回。这是一个最好的时代，香台头人要去拥抱这个时代，千万不能懈怠，别让机会在我们身边却悄然溜走，不要让自己终身抱憾。

现实中，香台头的许多人选择离开了故土，这是可以理解的。但是，我们谁都不愿意告别自己心爱的故乡。我们站在一个历史的岔路口，我坚定地相信，香台头的一代又一代人，一定会坚持走自己的路，而且会走得更好，更远。

不一样的海，不一样的人

在我的儿时，我们香台头的人对大黄鱼、小黄鱼、鲳鳊鱼、马鲛鱼、鳓鱼、箭头鱼、鲻鱼、黄鲫子鱼、草叶子鱼、船丁、梅童鱼、黄姑鱼等海鲜，并不稀罕。那个时代，我们老家这一带的人不敢说"一日三餐有鱼虾"，也至少"无海鲜不下饭"。

现在人到城里去吃饭，会有"海鲜大餐"的说法。因为海鲜越来越少，吃海鲜的人越来越多，海鲜便越发显得金贵和奢侈了。

过去，每年的3月下旬，渔民就进入春汛生产期，开始了每年的第一大汛。当地老百姓口中传唱着《十二月渔歌》，因为不同的月份可以吃到不同种类的海鲜。这就是我们生在海边人的口福。

也不知道从什么时候开始，在老家的餐桌上，有人会说："我们没有什么好招待的，就随便吃一点小海鲜吧！"

其实，在我们本地，海里的鲳鳊鱼、马鲛鱼、小黄鱼、鳓鱼等不算什么普通的经济鱼，也不是什么小海鲜。说是小海鲜，是我们如东人招待客人一种谦虚的说法。当然，现在吃一条野生的大黄鱼、海鲥鱼价格高得吓人，这种奢侈的菜肴是不能用"小海鲜"这样谦虚的说法来说的。

我们当地人现在吃饭时往往喜欢吃一些小杂鱼，大家都把它当作宝贝，很稀罕。在过去，这些小杂鱼都是被当作肥料的。分拣鱼货的时候，渔民瞧也不瞧它们一眼，直接朝旁边一扔，根本就不会拿回家去吃。特别是到了夏天，那时候又没有冷冻设备，不容易保存，所以都用这些小杂鱼来沤肥料。这话当然是事实，同时也显露出我作为当地人的一种自豪感。

我的祖父和我的父亲都不会下海打鱼，不能吃上自己打捞的海鲜，我们就在自己家地里种黄瓜、韭菜等蔬菜，等潮头上来，就用蔬菜去和渔民换海鲜。这样，我们也可以每月都吃到海鲜了。

可是，现在正是渔汛，也买不到新鲜的潮头货了。从1995年开始，国家在东海、黄海实施伏季休渔制度。前些年，还是从9月1号开始禁止海上捕捞，后来从8月1号开始，7月1号开始，今年从5月1号就开始了。现在这个季节要吃新鲜的鱼货，变得十分困难。前些年在禁捕期，还有人偷偷地到近海偷捕，这些年很多人法律意识增强了，偷捕的人几乎没有了，我到市场上去买鱼货只能买一些冷冻制品。

我们当地人吃海鲜嘴很刁。同样是新鲜的海鲜，我们要看是本港货还是外地货，本港的海鲜来自我们南黄海，味道比起东海、南海的海鲜不知道要强上多少倍，因此价格也高出许多。

20世纪80年代初，我曾经给省里的一张报纸写过一个整版的稿子，叫作《吃在如东》。我当时了解到如东的海鲜共有300多种，后来有人说有上千种之多，也许是我孤陋寡闻，没有掌握全部数据。

到了捕鱼淡季，海边的人吃不到新鲜的鱼虾，对海边人来说，的确是有些难受。但是，这也没有办法。

我有一个在渔政部门工作的朋友跟我说，今年是从5月1号开始禁捕的，但各海区、水域，每年都不是固定的。休渔期就是禁渔期，它根据水生资源的生长、繁殖季节习性等，避开其繁殖、幼苗生长时间，用以保护资源。

夏季是海洋主要经济鱼类繁育和幼鱼生长的重要时期。伏季休渔保护主要经济鱼类的亲体和幼鱼资源，海洋渔业资源也需要休养生息，要追求生态效益。

"靠山吃山，靠海吃海。"对于老家人来说，各式各样的海鲜似乎是离不了的舌尖美食，禁捕了是有点不习惯。但人活着也不能太自私，我们少吃一点没有关系，不能让海洋资源枯竭，总要给我们的子孙后代留一点口福吧。

我虽然出生在海边，小时候也经常去海边玩，但遗憾的是，我没有正式跟渔民出过海。

前几天,我去香台村采访91岁的老渔民周福岐。他当过36年渔业队的队长。

小学毕业的他,16岁就开始下海。我们当地人说下海,就是去海上作业的意思。18岁那年,他就跟大人一起,用两根毛竹,加一张网,身背渔篓、灯笼各一个,沿着潮头或退潮时捞取鱼虾。有时候一人捕捞,有时几人相伴,春秋两季在近海捕捞鱼、虾、蟹。一般作业2个小时左右。他说:"心不能太重,心太重了,时间晚了,涨潮了就来不及跑了,就会被浪头卷入海里。"

一次,他和另一位堂兄去下海。突然涨潮了,人很快被潮水打得漂起来。他们俩就趴在渔篓上,在海上漂了很久。潮水慢慢退了下去,他们俩一时失去了方向,摸了好久才摸回家。虽然是有惊无险,但很长一段时间晚上都会做噩梦。

20世纪50年代的一天,他的父亲突然把他从海上叫回来,说是"岱字棉"的棉花种子很难弄到手,现在有人送到家里了,要他回家种棉花,他只好奉命回家了。谁知道,就在那一次,海里突然发了怪潮,当天夜里,无情的怪潮吞没了32个身强力壮的年轻人的生命。

海鲜是很好吃,但是,海洋捕捞却是高风险职业。周福岐跟我说了一个又一个他与死神擦肩而过的故事。

说到这里,周福岐的表情凝固了。他已忘了今天哪年哪月的哪日,他心事忡忡地停留在时光的原处。当然,海上有太多的事已被时间的洪流无声无息地卷走。

我们品尝过海鲜的美味,但不能忘记鱼虾是怎么游到餐桌上来的。一条鱼,一只虾,一只蟹,当我们塞到自己嘴里时,也许只是一瞬间的事,但想起渔民们的艰辛,会让我感触良多。

谈话间,周福岐显得异常平静,他没有流泪,也没有笑。也许别人过去给了他安慰,也给了他告诫,我们永远无法体会他的心底多么的万箭穿心。也许周福岐在想,不论有多少委屈,多少困难,最终能治愈自己的还是他自己。

周福岐听到各种与死神擦肩而过的故事后，不但没有退缩，反而和村上的几个年轻人合计，不能满足于近海的个体捕捞作业，一定要自己订船，出海捕捞。

第一次，大伙儿凑钱，订了一条小木船。没隔几天，风暴来了，没法子，船也避风进港了，请了一个人看船。因为风大浪急，船底被海浪冲了个洞，船被风刮跑了。

这时候，有人说："第一只船就出师不利，看来这碗饭我们吃不成了。"但周福岐偏偏不信这个邪，他说："船没了，我们还可以再订；没有钱，可以去借！我们海边人靠海吃海，也不会其他什么手艺，只有去拼搏，才会有生路。"

他们又订了一条船，通过捕捞赚了钱，还了债，剩下来的钱再订更多的船。就这样，他们出海的船只由1条船变成了16条船。

看他们干得这么红火，邻近的渔业乡兼并了他们。2年后，村里的人不干了！认为周福岐他们属于本村农业大队的渔业生产队，应该为本大队服务。因此，他们又回到了五大队。

周福岐所在渔业生产队，比周边的几个渔业队发展得快很多。这个渔业生产队的人员最多的时候达到160多人，有4辆牛车、12头牛，有4辆拖拉机。周福岐从不坐在办公室里指挥，而是到船上现场办公，从这条船到那条船，他常年在海上转，轮流在16条船上解决具体问题。

有一次，他用望远镜看到不远处有一个高出海平面的地方，黑压压的一片。他手一挥，说："把船开过去！"到实地一看，果然是天赐良机。其中有人给这片水域取名叫"园园沙"，也有取名"乌龟沙"的。他决定，取名不能和别人相似，就叫"外经小沙"！他立即上岸，到县水产局登记，并交了管理费。后来周边的几个专业渔业村，跟他们抢这块宝地，把他们告了。他只好去应诉，几场官司，他每一场都赢了，因为他确实是首先登记并交了管理费的。

有一次，在"外经小沙"那里，大浪不断推着，推啊推的，竟然把黄鱼推得堆成一堆，四五十亩的地方，像座小山一样，堆满了大黄鱼。

周福岐笑得合不拢嘴，调集了家里所有的拖拉机和牛车去装，怎么也装不下，使尽了全部的力量，也只装了"冰山一角"。如果再贪心，潮水涨了危险就大了。

拉回来这么多的黄鱼，又没有冷藏设备，一下子怎么卖得掉呢？只好央求水产公司帮忙售卖。每条不小于2斤重的大黄鱼，3毛钱一斤卖给了他们。周福岐笑着对我说，这么多的野生大黄鱼，要是放到现在，这个账我也不会算了，现在一条大黄鱼就值很多钱，那么多也不知道能卖到多少万呢。

每到鱼货上来，渔业队里，拖拉机的轰鸣声，赶牛车的吆喝声，拣鱼货、卖鱼货的嚷嚷声，响成一片。我家所在的四大队，也有一个渔业队，规模小，就1条船，但鱼货上来，香台头也是一片繁忙和欢乐的景象。

五大队还有一个规定，农忙季节，农户需要海鲜，不需要每家每户去排队挤了，各生产队委派一个人让各家各户事先登记一下，需要什么鱼虾，统一到渔业队去领取，先记个账，到年底结算分配时再予以扣除，村民们可以享受先吃海鲜后付钱的待遇，过着按需分配的生活。村党支部书记丁跃中每次去买海鲜，总是规规矩矩，一分钱也不少给，村里的风气很好。

周边渔业大队的船老大见他们干得这么好，对贡献大的人奖励也多，就眼红了，跑过来主动投奔到他们的船上。

周福岐告诉我，海上作业的捕捞工具也在不断地变化。比如，有人开始使用拉网，虽然不需要船只，两三个人就可以作业，但只能捕捞到小鱼小虾，捕捞能力很弱，所以早就被淘汰了。后来慢慢使用摇网，一头系在渔船上，顺风下网，水面有浮子和标志，下有脚子，迎着潮水张开，随着潮水缓缓地流动。因鱼的行动快速，常常被卡鳃或裹住。春、夏、秋汛时节，在近海深洋捕捞鲳鱼、鳓鱼和马鲛鱼等；捕捞近海深洋的铁头鱼，一般在谷雨前开始，6月底结束。我们当地有个风俗，端午节女婿到丈人家送礼，要送鳓鱼。捕这种鱼需要高网，就是用小尼龙绳织成的网。每张网长两三丈，宽一丈二三尺，以大竹竿为柱，直插水中，另加四五根毛竹做支撑，鱼乘潮至，接触到网眼就会被裹住，退脱不出。每个圩场会有几百条这样的网，排立在水中，气势磅礴。这是"搞大取"，取货时要用船取，一般在小满后有三个汛期作业。现在野生大黄鱼身价百倍，去捕捞成群的大黄鱼，一般用长带形的围网，包围密集的鱼群，然后逐渐缩小包围圈，使鱼在底部入网，但需要机帆大船加舢板配合。到吕四渔场、大沙渔场、舟嵊渔场去捕捞金钩虾、梭子蟹，就需要用双囊桁拖网。渔民们还常用银鲳流刺网、帆张网等网具，不仅生产安全，产量也高。

我看到老家跑小海的人用得最多的是丝网、泥螺网、篓子、弶网等，一般不用渔船，就在近海个体作业。近海个体作业虽然挣不了大钱，但维持小日子还算过得去。我妻子的父亲就是靠跑小海养活一家子的，他家一共生了12个子女，活下来的10个子女，3个送给别人家抱养，她的父亲就靠跑小海养活了家里的7个子女。

现在，香台头还有一批农民跑小海，一潮海2个多小时，挣个两三百块钱，也算很平常的。

在20世纪50年代，我们当地人海洋捕捞一般都是用非机动的木船，吨位很小，抗风浪能力弱，作业区域为近海。到了20世纪七八十年代是海洋捕捞船发展的鼎盛时期。20世纪90年代以后，因近海渔业资源衰退，国家实施了减船转产工程，渔业生产量也呈逐年下降的趋势。据了解，现在我老家全镇出海捕捞加养殖的船只也只有200多艘。

现在，文蛤、紫菜、缢蛏，梭子蟹、对虾等滩涂养殖成了主角，甚至连黄鱼、海蜇等都能养殖了。有些在市场上看到的活蹦乱跳的鱼、虾、蟹不一定是野生的，有许多都是海水养殖的，虽然也有鲜味，但比起野生的来，味道要差了一截。

滩涂上出了那么多的宝贝，那滩涂又是怎么来的呢？专家说，滩涂，是海滩、河滩和湖滩的总称，指沿海大潮高潮位与低潮位之间的潮浸地带，在地貌学上称为"潮间带"。由于潮汐的作用，滩涂有时被水淹没，有时又露出水面。

我虽然出生在海边，但我不懂得潮汛，只知道初一、月半子午潮，是大汛；初八、廿三小汛底；廿五、廿六，没涨落。具体哪一天是几潮水，我并不能说得很清楚。

我对一个问题很好奇，为什么明天去买海鲜，要比今天推迟四五十分钟，一天比一天晚？

我只知道，海水有涨潮和落潮现象。涨潮时，海水上涨，波浪滔滔，景色十分壮观；退潮时，海水悄然退去，露出一片海滩。

听父辈们说，涨潮和落潮一般一天有两次，海水的涨落发生在白天叫潮，发生在夜间叫汐，所以叫潮汐。难怪古书上说："大海之水，朝生为潮，夕生为汐。"

在涨潮和落潮之间有一段时间水位处于不涨不落的状态，叫作平潮。平潮，就是海的一般状态。地球在自转的时候会产生一种向外甩出的离心力，就好像下雨天旋转张开的雨伞，雨伞上水珠将要被甩出去一样。所以，平常状态下，海也是要波动的。

再说潮汐。不仅地球自转影响海的不平静，地球还受到月球以及太阳的引力，当地球转到顺着太阳或月亮引力方向的时候，正对着太阳或月亮的那一面的海水是不是就被一种引力吸引了？吸引了就有一种往外流淌，要升起来向空中冲出去的力量。但是，毕竟月球引力不够大，太阳又太远，所以，它们只能是提升海水而已，让海水涨起来，并不能让其进入太空，当地球转到偏移了太阳、月亮引力方向的时候，自然就恢复原来的样子了。

所以说，潮水一般一天之内都有2次的。一日之内，地球上除南、北两极及个别地区外，各处的潮汐均有2次涨落，每次周期12小时25分，一日两次，共24小时50分。所以，潮汐涨落的时间每天都要推后50分钟。我虽然说不清那么多的科学道理，但也找到了为什么每天买潮头的海鲜要推迟50分钟的依据。说起来让人想笑，在海边出生的我，连这一点知识也才刚刚弄懂。

海洋是怎样形成的？海水是从哪里来的？对这个问题，目前科学还不能给出最后的答案。据说这是因为，它们与另一个具有普遍性的、同样未彻底解决的太阳系起源问题相联系着。

有资料记载，现在的研究证明，大约在50亿年前，从太阳星云中分离出一些大大小小的星云团块。它们一边绕太阳旋转，一边自转。在运动过程中，互相碰撞，有些团块彼此结合，由小变大，逐渐成为原始的地球。星云团块碰撞过程中，在引力作用下急剧收缩，加之内部放射性元素蜕变，使原始地球不断受到加热增温；当内部温度达到足够高时，地内的物质包括铁、镍等开始熔解。在重力作用下，重的下沉并趋向地心集中，形成地核；轻者上浮，形成地壳和地幔。在高温下，内部的水分汽化与气体一起冲出来，飞升入空中。但是，由于地心的引力，它们不会跑掉，只在地球周围，成为气水合一的圈层。位于地表的一层地壳，在冷却凝结过程中，不断地受到地球内部剧烈运动的冲击和挤压，因而变得褶皱不平，有时还会被挤破，形成地震与火山暴发，喷出岩浆与热气。开始，这种情况发生频繁，后来渐渐变少，慢慢稳定下来。这种轻重物质分化，产生大动荡、大改组的过程，大概是在45亿年前完成了。地壳经过冷却定形之后，地球就像个久放而风干了的苹果，表面皱纹密布，凹凸不平。高山、平原、河床、海盆，各种地形一应俱全。在很长的一个时期内，天空中水气与大气共存于一体；浓云密布。天昏地暗，随着地壳逐渐冷却，大气的温度也慢慢地降低，水气以尘埃与火山灰为凝结核，变成水滴，越积越多。由于冷却不均，空气对流剧烈，形成雷电狂风，暴雨浊流，雨越下越大，一直下了很久很久。滔滔的洪水，通过千川万壑，汇集成巨大的水体，这就是原始的海洋。

原始的海洋，海水不是咸的，而是带酸性，又是缺氧的。水分不断蒸发，反复地形云致雨，重新又落回地面，把陆地和海底岩石中的盐分溶解，不断地汇集于海水中。经过亿万年的积累融合，才变成了咸水。同时，由于当时大气中没有氧气，也没有臭氧层，紫外线可以直达地面，靠海水的保护，生物首先在海洋里诞生。大约在38亿年前，即在海洋里产生了有机物，先有低等的单细胞生物。在6亿年前的古生代，有了海藻类，在阳光下进行光合作用，产生了氧气，慢慢积累，形成了臭氧层。此时，生物才开始登上陆地。总之，经过水量和盐分的逐渐增加，及地质历史上的沧桑巨变，原始海洋逐渐演变成今天的海洋。

　　大海是可爱的。现在老家人吃海鲜虽然变得少了，但我们毕竟是靠大海近。休渔期来了，老家人会提前储存一些海鲜，这里家家户户都有冰箱和冰柜，冰冻的鱼虾虽然没有那么鲜美，但总比没得吃要好；虽然价格比过去高很多，但几天不吃海鲜，心里似乎空落落的。

　　老家海边的几家海鲜菜馆生意火得很。遇上节假日，如果不是事先预订，很难订上位置。有一批上海的年轻人，在周末到我老家十三贯海堤上看海，然后在海边的海鲜菜馆饱尝一顿。他们说，想不到，"大海"真的是海鲜的母亲，竟然有这么多的海鲜，有生第一次尝到；"大海"确实是自己的向往，常来这里肯定收获颇多。

　　有人说："工作日上海，休息日下海。"这个"下海"，当然不是去海上捕捞作业，而是到如东海边望大海，品海韵，看风车，吃海鲜，过神仙般的日子。

　　我有几位朋友是摄影家，他们最喜欢的就是拍摄老家海滨日落及朝霞映照下的海滩劳作场景。他们抓拍到了别有趣味的帆船、滩涂赶小海的镜头；海上日出，渔民海归，常常是他们的聚焦点。正是万物复苏的阳春季节，春雨绵绵，春雾蒙蒙，他们的照片会给你传递轻烟薄雾之美。在夏日里的台风多发季节，骤变的风雨带来了美妙壮观的天空，他们也能拍出色彩丰富的海上大片。在秋天丰收的季节里，他们的画面里有拉竿挂绳，养护收割，整个滩涂异常繁忙的景象，告诉你今年又是丰收年。在光线柔和，空气通透的冬天里，他们也能捕捉到不一样的日出。

　　渔民有什么样的习俗呢？

　　我问周福岐："听说女人不能上船，上了船，船会翻的。有这个说法吗？"他说："这是误传。我亲眼在远洋看到，很大的捕捞船上，有很多女人参加作业。"

他坦言，渔民是有着与农民不同的习俗。沿海普遍建有庙宇，基本上都叫龙王庙，把龙王看成是大海的最高统治者。我们如东沿海也有龙王庙，香火很盛，初一、月半、二十五正常供奉，求龙王保佑。

我问他："'敬天后'是什么意思？"他说："传说她原本是福建莆田的一位少女，能挽救渡海遇难的人，航海者都把她看成海神，所以有着'天后娘娘'的称谓，说她专治眼疾。海里的人没有一副好眼睛是不行的，因而她受人敬重，享不尽香火。"

海边的渔民对鬼神的迷信比内地更严重。要是有人在海上遇难了，又找不到尸首，就要在海边祷告，一边叫着死者的名字，一边用小草网在海水里捞，捞到小鱼就是小鱼，捞到小虾就是小虾。60多年前，我的大伯就在海上捉泥螺时来不及跑遇难的，我大伯的尸体没有找到，只捞到几个贝壳，然后装在兜里带回家，上供后将贝壳入土安葬。当地人把那些贝壳和鱼虾当作灵魂的象征，能将贝壳捞回家，也是对家人的一种安慰。

我小时候看到，渔民出海时，会带上酒菜，并披红挂彩，燃放鞭炮。周福岐说，这叫"复栈（载）"，意为满载而归。每年第一汛鱼货卖掉后，也要买炮仗回来放，意为开门大吉，连续丰收，渔民称之为"连升港"。渔民家过年，大年三十夜要挂起一对"磕头鱼"，一般选用鲻鱼或鲈鱼，上面裹着红纸表示"双鱼吉庆"，直到来年清明后打了新的鱼，这时候才可以吃，像乡里一样，表示陈粮接新粮，年年有余。

民俗学者陈有清告诉我："讲究的海船上一般都贴有对联，大桅贴的是'大将军八面威风'，二桅贴的是'二将军开路先行'，梢桅贴的是'三将军顺风相送'，船头的小桅贴的是'四将军满载而归'，舵杠上贴的是'掌兵元帅'，舱梁上贴着'海洋茂盛''顺风顺水'等。"

陈有清还说："早春不忙时，有的渔家常常会做盂兰会，说唱《耿七公》《舀鱼郎》《管鱼郎》等戏文。船在海上如遇特大风暴，老大可以代表主家许愿，除大香大烛外，常有请草台班子到庙上给菩萨唱戏。有的庙上到了秋天，戏唱得整个月不断头。"

拉科姆说:"对于大海来说,陆地是可爱的,对于海岸来说,大海是可爱的。"

我们感恩自己有幸出生在海边,感恩大海给我们带来的一切。

感恩,并不是别人给予,然后你说谢谢。感恩是一种对待世界、直面人生的态度,生活之海会上下翻腾,但是,感恩之舟却能永浮水面。

地球上最广阔的是海洋,比海洋还广阔的是天空,比天空更广阔的是人的胸怀。

大海,不仅给我们带来了美味的海鲜和赏心悦目的风光,更让我们扩大了胸襟。

寻根问祖之旅

今天是国庆假期第五天。

前几天都在家窝着,眼看假期就要结束了,我也决定出去旅游一趟。今天一早,我请堂哥李陈领路,我俩带着侄儿李华来了一次不寻常的旅行。

这是一次寻根问祖之旅。

3年前的一天,一位长辈问我:"你知道你爷爷叫什么名字吗?"我说:"当然知道,我还知道我父亲的爷爷叫李砚云,我见过他的毛笔字,写得漂亮极了。""那你能说出你爷爷的爷爷叫什么名字吗?"我摇摇头,说:"不知道。"那位长辈点了点头,说:"你已经算不错了。"言下之意是觉得我对祖先的了解还是不够。

人活着,最起码要知道自己的祖籍是哪里的。我只知道我的祖籍是海门万年,但我出生在如东。现在,我父亲包括父亲以前的祖辈都先后离开了。我该从哪里去寻根问祖呢?

先去网上查资料吧!查阅了半天,终于找到了李氏的起源。中国李姓人口有1.07亿,占全国人口总数的7.9%,为中国第一大姓。如果加上少数民族中的李姓和海外华裔李姓,李姓总人数达1.2亿多,同时也是世界人口最多的姓氏。为此,我感到很骄傲!

光有这种骄傲和冲动,是远远不够的。我的先祖到底在哪片土地上生活?我爷爷的爷爷又叫什么名字呢?他们又有着怎样的经历?……几年的愿望今天终于要实现了。

一早,我们驱车赶到了海门万年的万盛村,接待我的是李志高老人,他今年 82 岁了。论年龄，他只比我父亲小几岁。他身体不太好，由儿子搀着，领着我去看老宅。我在老宅周围转了一圈又一圈，我觉得，这是一片深情的土地。

如今，还是在这块土地上，竖起了一排排欧式别墅，成为万年乡美丽乡村建设的一个缩影。在别墅群里，李志高讲述了一个又一个我未曾知晓的故事……我听得津津有味。

我很不好意思地问他："你能告诉我，我爷爷的爷爷叫什么名字吗？"他沉思了片刻，说："叫李三省！"哇！一个多么有文化的名字！

我说，你是怎么知道的？他回答说，儿时他从家里祖上传下来的板凳的背后看到的，并问了他爷爷，得到证实。顿时，我的血压升高了，特别激动。我能搞明白上四辈先祖的名字，是多么不容易啊！

接着，他又告诉我，我的几代祖辈先是从浦东迁移到崇明，又从崇明搬迁至海门。实际上，我们的祖先是上海人。啊！原来我们的根在上海！难怪祖辈留下的土话跟上海话很接近。

我与李志高老人越谈兴致越浓。虽然我们从未见过面，但因为是一个老根上的人，所以聊起来感觉无比亲切。他所说的这里的一草一木，一沟一坝，我都很想倾听。因为老家是游子的根，祖籍是生命的根。这里的每一个故事，都好像对我的生命发出铮铮的回音，烘托出旷久古朴的意境。这一次，我的兴奋度要超过以往任何一次旅游。

我们要离开老宅了，我侄儿的小汽车突然打不着火了，怎么也打不着火。老人的小儿子也算是个业余汽车修理高手，搞了半天也没有法子，只能叫拖车将车拖到几十里外的市中心的 4S 店去修理。我脑子里突然冒出了一个奇妙的想法，是不是我们还不应该走？应该听听更多的与先祖相关的故事，包括字辈的排列、家族的搬迁史等。我们都不知道，我们的后辈无法寻根该怎么办？

我们索性留下来，和李志高老人的后辈们一起继续讨论，大家感到，寻根问祖不是一件容易的事情。虽然在"文化大革命"中，我们族里几十本的家谱被毁了，但我们还是要千方百计多了解自己的家族史，多搜集一些地方史志的记载，对自己的先祖负责，对自己的族人负责，要对那些口传信息进行多方面的考察，尽可能地保证准确无误。

临走时，我和堂哥从老宅的地上挖了一铲子土，用塑料袋装起来，作为纪念。我和堂哥恭恭敬敬地向先祖的老宅三叩首后离去。

之前，每当看到小学生开展寻根活动的报道，我总感到脸红，我们怎么连小孩子都不如呢？每个人都要补上这一课，作为华夏子孙，应该不忘先祖，深入了解祖先曾经的辉煌与苦难！爱家乡、爱祖国！

从乡愁到愁乡

又是一个秋天。

在乡下老家时,看着高高的天上那悠闲的云,看看那刚刚收获完留在地里的玉米秸秆,再看看树木上碧绿的叶子,老家多彩斑斓的世界让人多么迷恋啊!我是土生土长于这个地方,并在这里生活过的农家子弟,对老家,有不一样的视角和感受。

前两年,我利用改造妈妈危房的机会,帮我妈妈在老宅基地上修建了3间平房,并砌起了透明的围墙,围墙四周种了一些花草、树木和蔬菜。老宅东侧已经存活了40年的柳树,像往年一样开始掉叶了,它是我家40年记忆的年轮。围墙外矮壮的"一串红"在绿树和黄色菊花的映衬下,显得格外耀眼夺目。再走几步,邻居家的桂花香扑鼻而来,令人神清气爽。附近有一个十多亩的养虾池,池里的增氧机呜呜作响,水面上泛起朵朵浪花。一群白鸟在虾池的水面上嬉戏,一会儿翱翔,一会儿又像中了子弹一样直落水面,一会儿又张开翅膀飞到天上去。这是谁给我留下的诗歌和绘画!

我家前面就是一条水泥路,乡亲们开着卡车、拖拉机、电动三轮忙碌地穿梭不息,他们将收获的果实运回家里,运向远方。他们似乎在唱歌,歌唱自己的善良和欢乐。我看着他们远去的背影,感叹道,老家的面貌变化太快了,变得多么令人向往。

尽管我小时候的那些明沟和水潭不见了,但孩提时代的生活仍难以忘怀。

那时,无论是明沟还是横河里的水都清澈见底。我们可以在那里游泳、捞鱼、抓虾。

有一次，我在河里打猛子，水面上泛起一个个泡泡，比我小13岁的妹妹站在岸上突然大哭起来——她以为我死了。我也经常到河边用脸盆取河水，倒在自家水缸里，供父母烧饭用。

那时候，我们孩子们的游戏，要么在草堆里"躲猫猫"和"捉鬼子"，要么就和玩伴们踩肩膀，爬上树去掏鸟窝。夏夜纳凉时，最好看的是黑夜中的萤火虫，飞来飞去，闪闪烁烁，我和玩伴伸手抓它们。一下雨，农田里的蛙声彻夜不停。秋风起，蟹脚痒。我和小伙伴们穿着棉衣躺在河边的草丛里"听蟹"，夜深人静时能听到螃蟹的叫声，这时用手电一照，螃蟹不动了，一捉一只，那才叫开心。

20世纪50年代后期，我第一次看到从国有农场开出来的大型拖拉机。好家伙，这么威风啊！拖拉机朝前开，我们一群孩子跟在后面追，直到拖拉机开得很远很远。

那时，一个月能看上一次露天电影。每到放电影那天，我和小伙伴早早吃完晚饭，带着板凳，来到学校操场抢占有利地形。等中间换影片时，小孩们在操场上乱跑，找不到爸妈了，会引来一片哭声和笑声。

三天三夜也说不完儿时我心中那美好的惬意。这种美好，那些城里生、城里长的人是无法体会到的。

这两天，老家社区的何学忠书记趁我在老家的时间，邀请我参加社区精神的讨论，我认真回顾历史，展望未来，心潮澎湃，有说不完对家乡的爱。

夜深人静，我苦苦地思索，别看那平平常常的田园生活，对我来说，那才是真正意义上的回归自然，回归人生。农民身上的那种厚重、纯朴、善良的特征，是永远磨灭不掉的。

吃中饭为何叫吃点心

从我记事开始，到了中午，大人们就会说："吃点心了！"我不懂大人们为什么这么说，当然，我们这些农村的孩子也不知道什么叫点心。

后来才听祖辈们说，我们是从海门移民过来的。崇明、启东、海门一带的人大多是沙地人。沙地人就是海涂沙土上的拓荒者。沙地人称吃点心，不是吃糕点的意思，是将吃午餐叫吃"点心"。一般地方，在家吃早餐，总是备上一些咸菜，加上稀饭就可以了。但是，沙地人的习惯不一样，那时候的早饭，也吃主食，还像模像样地烧上几个菜。

快接近中午时分了，这个时间点，沙地人称作"点心浪"。其实，那个时代，哪个农户家吃得上真正意义上的点心啊？只是一个说法而已。据说，上海宝山、嘉定一带也有人这么说。

这样的叫法有什么来历吗？后来，我才了解到，这与我们沙地人治沙垦殖的生产方式有关。

中华人民共和国成立前，我的祖父母他们移民到海涂来拓荒时，一开始都是"先走田"，走很多路，才走到自己租来的地里劳作，因为中饭回家吃太浪费时间，早饭必须吃得饱饱的，否则干不动活计。中午只能在田头用芦苇和茅草搭个小窝，祖辈们都叫它"环洞舍"，在这里吃些锅巴饭之类的"点心"充充饥。我小时候还看到爷爷和父母肩挑泥箩担，一头挂着农具，一头挂着饭盒和一壶开水，中饭就在田间地头吃点心，直至天黑透了才回家。

语言产生于劳动，沙地人这样的劳作方式，才把吃中饭叫作吃点心，早上叫吃早饭，晚上叫吃夜饭。

老家这里原先都是大海，是一代又一代人经过围海造田、开垦种植，才使之逐步演变成现在这样的美丽乡村。

那是1972年，我在县围垦指挥部办油印的《围垦战报》，采访了父老乡亲们许多可歌可泣的事迹，让我终生难忘。回想起那千军万马肩挑手拉，波澜壮阔的场面，滩涂上一串串脚印记载着老家人民多少风雨与沧桑，记载着无数当地人艰苦卓绝的奋斗历史。

围垦中最惊心动魄的要数"闭龙口"，一段海堤，到了最后合龙叫作"闭龙口"，必须在涨潮前几十分钟内一次闭上"龙口"，否则大堤就会被潮水冲垮，劳而无功。关键的一刹那，人们纷纷肩挑手提，用草编袋装着泥，用网袋装着石块争分夺秒往下抛。人们的精心准备有时还不敌汹涌残酷的潮水。一次，就差那么一点点了，乡亲们手拉手跳下去用人墙去挡狭小口子的潮水，也没挡住。一次又一次的失败，让乡亲们不仅锻炼了意志，而且也积累了经验。尽管这样，还是牺牲了一些民工。想到这里，我的心里总是酸酸的。那时候，技术没有现在这样先进，从20世纪80年代开始，搞围垦才不搞人海战术，只要少量的人靠机器吹沙就行了。

一个大冬天的一天，我要去围垦工地采访，总指挥见我身穿棉大衣、脚穿皮鞋出门时，把我叫住了："你看你像话吗？人家踩冰挑泥，你还穿着皮鞋去采访，让民工们怎么看你。赶紧把皮鞋脱了，赤着脚去！"

我又不挑泥不用力气，光着脚在冰水里走着，犹如踩在碎玻璃上，揪心地痛，不一会儿脚就冻得像胡萝卜一样。又坚持了一会儿，我的脚好像失去了知觉，麻木了。开始我很恨那位领导，后来慢慢想到了，这不是领导为难我，而是让我体验疾苦的励志教育。从某种意义上说，文章不是手写的，有时候是需要脚去写的。

那时候，工地上的指挥不仅动嘴，而且动手。有的还在脚上绑上裹腿，和民工们一起挑泥。中华人民共和国成立后，我老家先后有几十次滩涂围垦。要不是先辈们的辛勤劳动和无私奉献，哪来老家现在多出的几十万亩农田，哪来这么丰富的水产养殖和各种经济作物的种植？现在人当然不愁吃了，但是，我们永远不能忘记创造"吃点心"名词的先辈们拓荒垦殖，造福人类的善举。

"玉米籼饭"和"老麦饭"

在上海与朋友聚餐,很多人喜欢点"五谷丰登",这道菜名字叫得好听,"五谷丰登"就是五谷杂粮。城里人那么稀奇,但这对于我这个土生土长的农村人来说并不稀罕,这道菜倒勾起了我的回忆。

中央电视台《舌尖上的中国》摄制组拍了很多中国各地的特色美食,让人看了直流口水!如果有可能,我多想请他们来拍一下我老家人过去吃的"玉米籼饭"和"老麦饭"。这两种饭,在我心中留下了很深的印象。

我记得,儿时,大人等锅里的水烧开后,一只手持"搂饭筷",一只手将玉米籼徐徐扬入沸水里,用搂饭筷在沸水边搅动,搅得必须均匀,否则煮出来的粥就会结块;如果是蒸玉米饭,搅得不均匀,就会蒸成半生不熟的"马蜂窝"饭。这时候,灶膛里的柴火是不能一下子熄灭的,等饭熟了才能慢慢熄火。孩子帮大人煮饭,不小心常常会被烫伤了手。

家家都用的"搂饭筷"无须去商店买,就用宅后小竹园里的小竹子,把它锯成两段,保留两端的竹节,然后将表面磨至光滑,用开水煮一下就能用来搂饭了。

煮老麦饭则是用元麦籼,煮法也跟煮玉米籼饭差不多。我们沙地人都是海涂的拓荒者,盐碱地上长不出水稻,因此早期吃不上大米,平素吃的不是玉米籼饭、老麦饭,就是喝的玉米籼粥、老麦粥。当地农户习惯了"一熟玉米一熟麦"的日子。

20世纪60年代初,村上好多人得了"浮肿病",那时遇到了自然灾害,玉米和麦子收成少了,粮食不够吃。碗里的粥稀薄得能照见人,吃起来根本不需要用筷子，捧着碗，将噘起的嘴凑在碗边，"扑噜扑噜"，三下两下一碗粥就喝完了。末了，还用手指将碗边剩余的粥刮净，伸长舌头"吧嗒吧嗒"舔得干干净净。如果锅底还有积淀的"黏粥"，那更是孩子们争夺的美食。

沙地人不喜欢吃大米吗？其实并不是。是当时的沙地人没有办法吃到大米，因为自己种的就是粗粮，调剂的大米数量很有限。所以，当地粮站的工作人员是当时抢手的职业，因为他们或许能批上十斤八斤的粗粮换大米的条子。有的家里老人小孩生病了，为了求得一点大米，在粮站磨上几天也解决不了。

家里要是来了亲戚，偶尔也会在同一个锅里将少许的米放在一边，大部分还是玉米粞或老麦粞，让客人吃米饭，自己吃粗粮。

小时候，我们真的吃粗粮吃腻了，一见到大米，两只眼睛就发光。平时，总是掰着手指头算啊算，还有多少天过节、过年，盼望着能吃上一顿白米饭。

改革开放后，物资流通也活跃了，沙地人再也不需要求人用粗粮去换大米了。现代人正好反过来了，觉得能吃上一些粗粮是幸事、乐事。万万没有想到，现在人想要的健康养生，我们这些农村长大的沙地人，在几十年前就享受过了。

说到这里，让我想起了最近网上流传很广的一个帖子：几位富人在一起喝茶聊天，说钱再多也没多大意思。要是有一天，到农村找块地，盖三间平房，周边种点树、种点花、种点菜，再养上点土鸡，朋友来了就吃自己种的菜、自己养的鸡，那才叫好日子呢！

在一旁的农民工听了暗暗一笑，心想，原来这就是好日子，那这样的好日子我早就过上了。早知道这样，我也用不着辛辛苦苦挤到城里来打工了。

"叛夜摸"的乐趣

前不久,我的朋友邀请我去他家做客,一踏进门,差点儿把我绊倒。天哪!这哪里是客厅,这分明是个玩具武器库,玩具枪支、玩具飞机、玩具大炮摊了一地。

此时,朋友的脸上露出了尴尬的表情,他介绍说,这是他孙子的最爱。每次出差,他都要买一大堆玩具,各式飞机、大炮、装甲车,应有尽有。我说:"没什么,小孩子嘛,玩是天性啊!"聊天间,朋友给他孙子打电话问:"你还要什么玩具?这周你回来前爷爷给你买。"孙子回答:"什么都要!我要多多的玩具!"现在家家的孩子都一样,不缺玩具,如果可能,他们还想让长辈们把天上的月亮给他们摘下来。

每个人都有童年。回忆起我的童年,虽然没有现在这样奢华,但同样也有快乐。

孩提时代,我们沙地人最喜欢的游戏就是"叛夜摸",后来被称为"躲猫猫"。那个时代,几乎所有的孩子都玩这个。几个小朋友先集中在一起,然后通过"手心手背"的方式,决定让输的人躲到最不容易找到的地方。时间到了之后,一群小朋友就转过来转过去寻找,找着了为胜,找不到为败。有一次我输了,我躲到了一个草堆里面,老半天也没有人来找我,我在草堆里都睡着了。这时候,找我的小朋友的脚步声把我弄醒了。我憋住气,一动不动,突然在他旁边大喊一声:"在这儿呢!"把那个小朋友吓了一跳。恰逢有一位大人在场,凶凶地说:"不许吓人!人吓人会吓死人的。"于是,新的一局又开始了,大家还是追啊、喊啊,累得满头大汗,还是蛮开心的。

有时候几个孩子会扮演起家庭中的角色,有"爸爸""妈妈""哥""姐姐""弟弟""妹妹"等,模仿家庭生活。有一次,我们趁大人不在家,学他们淘米、烧饭,招待"客人",结果饭烧煳了,搞得满屋子焦味,全部人吓得哭鼻子。

有一次,我和另一名小朋友在路上学着大人祭祖,在几个贝壳里放些切碎的青草,当"菜",在另外几个贝壳里放上烂泥,当"饭",然后朝着这些"饭"和"菜"磕头。我们正认真地玩着,从背后走过来的大人喊了一声:"你们在干什么?"这时我们的脸一下变红了,觉得很不好意思,但心里直犯嘀咕:我们玩得好好的,你捣什么乱啊!

再大一点的时候,就玩打弹珠、滚铁环、跳绳、踢毽子、造房子、拔茅针、焖草堆等,女孩子喜欢玩跳皮筋、折纸等。

开始上学了,那时候最重的家庭作业就是打羊草。有一次,我和小朋友打了一会儿羊草就去玩耍,玩到天黑了看不清羊草了,只好弄虚作假,在篮子底下放些草,中间用芦苇撑起来,上面再放些草,假装很沉的样子,父亲也看到我将"满篮的草"送去羊圈。谁知晚饭吃到一半,羊没吃饱,使劲儿叫了起来。让我挨了一顿揍。

我比其他几个一起打羊草的小朋友年龄大一些。打着打着就想玩一会儿。我说,我们玩个游戏好不好?在路上画一条线,用自己打羊草的斜刀瞄准对方的斜刀扔过去,谁扔倒谁的斜刀,就赢一把羊草。结果,我常常不用打羊草,回家时篮子里都是满满的。输了羊草的伙伴只好噘着嘴、耷拉着脑袋,老大不高兴,拿着小半篮羊草懒洋洋地回家了。

有一个比我大两岁的伙伴真有本事,他用一小段麦管,把稍稍撅扁的一端放在嘴里,能吹奏出各种歌曲来,开始我觉得很神奇,跟在他屁股后面,手舞足蹈地行走在田间小路上。后来大家都会吹麦管了,排着队一起朝前走,像似一个乐队,很神气地在大人面前表演。垦区的土地还没有成熟,开始只能长些茅草,那里到处是草堆,是我们一些男孩子天然的"练兵场"。我们几个孩子经常溜到那里,学着电影里的样子,有人扮演中国人民解放军战士,有人扮演日本"鬼子",拿着长枪短棍,泥块当作子弹,在那里打"鬼子"、抓"特务"。扮演坏蛋的孩子没有少吃苦,挨了一次又一次揍。大家浑身上下都是泥,全然不顾衣服被撕破了,脸上被抓伤了。冬天里,一个个小手冻麻了,冻红了,可没有人叫冷,没有人喊苦,只是你看看我,我看看你,互相笑一笑,搓搓手,再哈哈热气,又喊着、笑着,热火朝天地准备下一场"战斗"。

这场面要是能拍摄下来保存到现在那太有意思了。那时,我们有时候玩得常常忘记了回家吃饭,免不了遭大人一顿臭骂。

那个时代,没有人拐卖儿童;没有交通事故,因为脚踏车都很少;放学回家很少有作业,只要家长没有布置家务,就可以尽情地玩耍;孩子身上没有钱,也不知道这个世界上还有牛奶和面包,饿了就从口袋里掏出几根萝卜干吃。我们经常这样想,大人你们忙你们的,我们能照顾好自己,只要不掉到河里被淹死,就没事的。

儿时,我们确实很穷,但穷也有穷的快乐,乡村童趣就是穷孩子的快乐。

大家都知道,最纯真、最没有烦恼的时候,那就是小时候。我很幸运,有那些童趣留给我回忆,还能在经济如此发达的今天,大胆地用这些甜蜜点滴跟大家分享。

请别瞧不起那个时代那么土的游戏,那时的童趣,都是我的瑰宝,它伴我一生,无论什么时候,都是属于我的最美的回忆。

看不够的大海

我出生在海边，但我不是渔民的子弟，因为爷爷、奶奶和父母亲都是以种田为生的。

五六岁的时候，我家住在海边，我经常跑到海堤上坐坐，在那里发呆，看看大海，过一会儿就回家了。

大人说，在海滩上不能跑远。否则，会不认识回家的路。我很想试试，于是就光着脚在海滩上走着走着，是的，一会儿工夫，真的分不清什么是天，什么是海了。所幸还没有走远，回家吧。但是，大海的神秘感一直留在我的脑海中。

那时候，只见一些大人们挑着沉甸甸的装满鱼虾的担子，"嘎叽嘎叽"地从我家门口经过。他们下海回来了！沙地人管下海叫作跑海、挑鲜。

这些人没有钱造海船，不去深海，跑上十来里路，到近海滩涂上，网些小鱼小虾和钩拾贝类。他们也不是专业渔民，只是亦农亦渔，跑几潮海，换取点购买油盐酱醋的"零用钱"。

有一天，我跟着大人去海边，到刚进港的船上吃海鲜。当地人一般不欢迎女人上船，所以我这样的男孩就可以享受了。

一上船就看到活蹦乱跳的鱼虾，把我高兴坏了，我用手去抓梭子蟹，不小心被咬出了血，还哭了鼻子。不一会儿，他们就煮好了鱼和虾，炝好了蟹。他们煮鱼，根本没有那么讲究，没有放什么葱、姜、蒜泥、白酒等调料，就放点酱油，也没有味精，因为是离水鲜，吃起来味道也挺好。下海的人酒量很大，喜欢大声说话，大碗喝酒，大海让他们养成了宽广的胸怀。他们待人一点不小气。按照船上人的规矩，吃鱼不能随便将鱼的脊骨弄断，吃完后还要将其完整地放进海里。从此，我也养成了这个习惯，每吃完一条鱼，还能完整地保持一条鱼的脊骨。

我爱人的生父一生就靠跑海、挑鲜，养活了7个子女。他对在近海作业中的"拾、趟、钩、掘、扒"等十八般武艺样样精通。

据他生前介绍，在这么多的近海作业中，钩沙笋技术难度最大，用一根20厘米长的铅丝，在其头上扳个钩，面对海葵、沙笋，以极快的速度将铅丝从其中心捅下，然后轻轻拉起，在弯钩的带动下，海葵会束手就擒。外行的人到了海滩上，什么也看不到，我岳父朝那里一站，会敏锐地一眼就看到竹蛏的气眼，用专用工具一钩一个准，因为竹蛏的价值高，几个小时的劳作，也有不少的收入。

到了夏天，特别是雷阵雨的天气，老家那边男男女女、老老少少都喜欢去海滩捉蟛蜞。潮水一退，滩涂成了蟛蜞、火刀片们的世界，刚刚还看着它们在泥沙上戏水、赛跑，一受惊吓，它们就会迅速钻进洞穴逃命。这时候人们动作更快，有的用脚踩，有的在洞口等着去逮，还有的用网铺在海滩上，一头固定，等它出洞穴时将其网住。那个场面，不仅有大人的投入和尽心，还有孩子们你追我赶，互相嬉戏，玩得可开心啦。大家顾不上一身泥水，整个海滩成了乐园，洋溢着欢乐的气氛。

我老家如东沿海盛产文蛤。文蛤古时是给皇上的贡品，味道鲜美独特，20世纪50年代，在上海的餐馆里就有这道招牌菜，称为"天下第一鲜"。20世纪80年代初，我和省报一位记者采写的通讯《访"天下第一鲜"的故乡》第一次刊登在《文汇报》上，就是写我老家的文蛤。

过去，到了文蛤收获的季节，老家的人就肩背锄头，腰挎竹篓，手拿小钉叉来到了海滩，将锄柄系在腰间，左手握锄柄，右手执钉叉，弓着腰，将锄头紧贴沙面，慢慢地向后拖行，仅凭感觉就能找到隐身的文蛤，小钉叉一拉一挥，文蛤就落进竹篓。那是过去采野生文蛤的方法。

后来不用那样了，滩面都让人承包养殖文蛤了。沙面上的文蛤密度大了，来这里旅游的人们体验踩文蛤更是别有一番情趣。20世纪80年代，我采写的《海上迪斯科》一稿被新华社向国内外播发。

"海上迪斯科"具有较强的参与性，风格奇异，特色鲜明，是全国第一个海上生态旅游项目。人们来到海滩，按照当地渔民的踩蛤方法，在松软的海滩上，两脚分开，晃动腰肢，均匀移动，待沙土踩活之后，脚板底下那泥乎乎的文蛤便一只只露出滩面。洗去泥沙，壳上精美的花纹便显露出来，令人爱不释手。太平洋彼岸来的客人们扭动腰肢，有的双手叉腰，有的挥动双臂，按着歌曲的节拍不停地踩踏。这种动作被人们称为海上迪斯科。

"海上迪斯科"的黄金季节在每年的5月至10月，也就是文蛤的生产采集时期。而此时的海岸风景秀美，也是愉悦心情、旅游观光的好时节。

在老家，我也是听渔民号子长大的。小时候隔河对面有一条马路，傍晚时分，赶着牛车从海上回家的人老在那里哼着慢悠悠的曲子，唱的什么词我也听不懂，他唱着唱着，有时候把我唱睡着了。

离我家200多米的地方有个渔业队。"鱼货回来啦！"人们奔走相告，他们手上拿着筷子，等着挑拣鱼货。人们喊着接潮号子、挑担号子："吭哟吭哟啊来，哟吾喔里来。""哼哟喂里嗨嗨！哼哟喂里嗨嗨……"把一筐筐鲜活的鱼虾抬进村里。货拣完了，渔民们一边哼唱着，一边把高高翘起的秤梢按住，将鱼虾倒进顾客篮子里。此时，卖鱼小调、报价声、欢笑声交织在一起，多么美妙的交响曲啊！

老家人祖祖辈辈跑海、挑鲜，生活也离不开海鲜。当地人没有鲜味不习惯，不管做什么菜，宁可不放味精，也要放点海鲜。前几年，日本核电厂发生核泄漏，说是海水污染，海鲜不能吃了。老家人说："熬了一个礼拜，实在憋不住了，死就死吧，没有海鲜不下饭啊！"老家的人还有一个习惯，买海鲜，喜欢买本港货，价格贵就贵一点，因为本港货味道独特鲜美是无法替代的。

现在，很多海里的鱼、虾、蟹也可以人工养殖了。有的喂饲料，有的使用一些抗生素药物，也有的拿外地货以次充好。健康专家也反复提醒，海鲜不宜过多食用。

我老家地处南黄海，那里没有蔚蓝的海水，也没有岩石。出了渤海海峡，海面骤然开阔，深度逐渐加深，这就是黄海。黄海因为古时黄河水流入，江河搬运来大量泥沙，使海水中悬浮物质增多，海水透明度变小，故呈现黄色，黄海之名因此而得。

　　这些，都不会让我忘记对老家大海的一片深情。每次回老家，路过海边，我对那迷人的大海总是一往情深，看不够，爱不够！

祖宅的"四汀宅沟"

儿时，老听我父亲说，曾祖父原来的住宅有"四汀宅沟"，意为在宅旁开成环护四周的宅沟。宅正南面的沟上，用吊桥供人进出。到了晚上，将吊桥一拔，闲人进不来，可以防盗。

这里的宅沟通到南北的横河，横河的水又通江达海，确保农田灌得进，排得出。一条条支流的沟河与涌动的黄海、奔腾的长江连到了一起，江海的恣肆与旷达养成了沙地人豪放的气概，沙地人把水的韧性与细密凝聚在血液之中。勤劳朴实的人们在这块土地上精耕细作，养活了一代又一代人。

有"四汀宅沟"的这种住宅，虽然没有北京的"四合院"和福建的"土楼"历史那么久远，那么具有价值，也不能使土地集约化，但是，如果能够保留几处，我想，也是很有研究价值的。

那是什么样的生活？

祖辈们那个时代享受的就是现代人所希望的那种慢生活。

上次我去寻根问祖时，特地采访了此事。

据老辈人回忆，有"四汀宅沟"的农户，在当时还算普遍。中华人民共和国成立前，在当地最有名的是"三进两场心"的庄园。有的庄园有100多间房屋，居住了二三十户人家。院落里，南北四座房屋，每座一进三堂，即有门堂、穿堂、正堂的"四合院"，房屋飞檐翘角，青砖碧瓦，雕梁画栋，磨砖照壁，又高又大，宽敞明亮，在那里摆上几十桌酒席，根本不成问题。这种大户人家毕竟是少数，遗憾的是，这些建筑现在已不见了踪影。

开始，我误以为我的祖辈也许是大户人家，才有"四汀宅沟"。后来我了解到，那时候普通人家也都这样，在住宅四周开挖"四汀宅沟"，四面都是水了，可以防抢防盗。这样修建的人家多了，便形成了一道独特的风景。据了解，我的祖籍海门至今还保留着300多处"四汀宅沟"，这成了极其宝贵的乡村遗产。

中华人民共和国成立前，我的祖辈们搬出了拥有"四汀宅沟"的住宅，搬到海涂垦区后，按照张謇请荷兰水利专家特莱克规划设计的"篠"建造住宅，每"篠"土地长333米，宽67米，在南北200米与133米处规划居民住宅。那时候，虽然大多是茅草房，但多数人家都在自己的住宅后面开挖一个长约50米、宽20米左右的宅沟，所挖的土正好用来垫高宅基地，沟正好用来养鱼，日常的饮用水就取用宅沟里的水。宅沟的四周围种上桃树、柳树，桃红柳绿；在宅后面种上小竹园，竹报平安；在宅的东侧种上果树，硕果累累；在宅的西侧种上榆树，"榆"谐音"余"，向往富裕。

美丽乡村建设，实际上，从那个时代就已经开始了。

儿时的早晨，太阳从东边冉冉升起，雾也渐渐消失，村子里屋顶上飘着袅袅炊烟，我站在宁静的宅沟旁，看到一群小鱼在水里欢快地游着，听到远处传来小鸟的歌声，我和童年的小朋友们尽情地享受着这里的宁静和神秘。

我走过那一座座房、一扇扇窗，迈步在乡间弯曲的小道上。我和小伙伴们经常在田间你追我赶，穿过五颜六色的果园和菜地，跟在嗡嗡作响的小蜜蜂后面嬉戏。在我的心中，那时的乡村就很美丽。

如今，各地都在进行美丽乡村建设，为了节约土地，盖起了一排排农民住宅楼。我老家那里盖的几乎都是清一色的欧式别墅，看上去挺有气派，很多人家也是豪华装修。

但是，那是我们沙地人的家吗？

不是的！我有一位欧洲朋友到老家工厂考察，路上看到这里的农民住宅一边夸个不停，一边又扔下一句话，让人很有回味："到了这里，我好像有了回家的感觉。"

是啊，我们沙地人建筑的影子完全没有了。我们看不到屋脊的两端砌成栩栩如生的"步鸡",那"步鸡",有的叫"开口",也有的叫"杨叶子",还有的叫"龙口"。屋脊的中部向阳一面有的塑有"松鹤延年""狮子踩绣球""鸳鸯戏水"等图案,沙地人居住在这样的屋子里,有一种"飞檐翘角"的美感。沙地人的建筑布局也很有讲究,什么"三关厢房子""一颗印房子"等等。

在村庄拆迁中,政府投入了大量的资金进行规划,设计了美丽的图纸。可是,有的地方摒弃了延续整个乡村的灵魂,留下了"千篇一律"的外来模式。我们可以吸收一些外来文化,但没有必要切断地域的传统文化命脉,去摒弃自己优秀的文化成果。我们虽然看到了乡村似乎华丽的转身,但因缺少了具有地域特色的住宅风貌,而留下了遗憾。

我们当然也希望建设好美丽的家乡,但要保护好原有乡村的"古"身份,修缮好古建筑,包括古桥、古牌坊、古井等具有年代感的地标性建筑。

上次回老家,社区书记领着我看了镇上一棵200多年的古树和一口刻有民国时期建造字样的古井,还有几处新四军进驻时的房子,东进路几号、几号的门牌还保留在那里,他希望能够修旧如旧,保护好这批历史建筑。

在新农村建设中,尤其需要保护现存的生态环境与历史资源,不能什么都推倒重来。老百姓希望既能看到保护古建筑,又能看到融入现代建筑技术的具有当地特色的民俗房屋。

我们沙地人的"四汀宅沟"虽然回不来了,但我还是希望,尽量用淳朴的民风来展现乡村最美好的一面。

筲箕、汏篮哪里去了？

小时候，我们老家人用筲箕淘米、用汏篮洗菜是再普通不过的事了。当然，那时也不会有人说这样做低碳环保，只知道世世代代就这么流传下来的。

如今，这些竹编制品已经成为稀罕物，只有在工艺品市场能偶尔见到，但也很难见到那种既美观又实用的筲箕、汏篮了。

沙地人用的筲箕、汏篮、藤盘、筛子等竹编制品中，要数汏篮最有讲究。这种篮子方底圆口，篮口稍聚拢，篮眼个个方方正正，大小一样，式样十分美观。

汏篮的种类很多，有去镇上买菜用的，有洗菜用的，还有的是到亲友家送礼时装物品用的。小时候，我跟外婆去走亲戚，只见送礼的小篾篮上口用一条老蓝布毛巾罩上，美观雅致，朴实大方。怕相互拎错，有人还在篮子上用毛笔写上"某某某办用"的字样。工整的楷书与漂亮的汏篮相得益彰。

听父辈人说，不是所有的竹子都可以用来做篮子的。竹子有淡竹、水竹、慈竹、刚竹、毛竹等200多种。做篮子的一般选用上乘的水竹，劈成篾片编织而成，这样的篮子美观、精致、顺手、耐用。

那个时候，小镇上专门有竹器店铺。竹匠编织汏篮很有讲究，从选材到破篾、起底、撬底、占筐、倒篾、做脚、锁口、锁脚、上细、成品，每一道工序都追求精益求精。我看到外地人用的下河篮那么粗糙，跟我们用的汏篮相比，更是相形见绌。

如今，我们淘米、洗菜、买菜、跑亲戚，很少有人再用筲箕、汏篮了。有一次，朋友给我送的水果篮倒是用的竹篮子。水果吃完了，我舍不得扔掉那竹篮子，准备用来到超市买东西。但是，每次去超市，都想不起拿那个惹人喜爱的竹篮子。说起来都喜欢低碳环保的生活，但真正做起来还是很难，去市场还不是空着手去，拎着塑料袋回？现在家庭的日常用具完全被塑料世界覆盖了。在我们乡下，竹编篮子不容易买到了。难怪有着好手艺的竹匠师傅也只好纷纷改了行。

现在，我们很难见到用竹丝篾片，用挑和压的方法构成经纬交织的竹器皿；也很少看到有人将竹节车成一定形状的装饰品和玩具；更难看到老一辈的竹匠精巧地用竹的表面或断面，经过穿结翻黄，拼成各种花形的工艺品。

在"城市让生活更美好"的理念指引下，人们在城市的公园里见到了不少的竹子。在上海，我们小区里底楼也有一些人家分别栽上了紫竹、孝顺竹、凤尾竹等。

苏轼曾说过："宁可食无肉，不可居无竹。无肉令人瘦，无竹令人俗。人瘦尚可肥，士俗不可医。"苏轼很喜欢竹子，宁肯不吃肉也要有竹子做伴，对居住环境有相当高雅的品位，这是对竹子的高度评价。

我乡下的老家宅后有一个小竹园。竹子繁殖很快，只有几年工夫，小竹园已经很茂盛了。

人们喜爱竹园，喜爱竹子。因为竹子无论在什么季节，它都有乐观的心态，四季常青。

眼下，已进入冬季，我回到老家，到宅后翠绿幽美的竹园转转，听听鸟叫，闻闻清香，在这天然氧吧里做着深呼吸，慢慢地品味着。作为"岁寒三友"之一的竹子，在秋风拂去、寒冬降临时，依然青翠不惊寒。

沙地人做寿

今天，是我爱人的二姐 70 岁生日。她不宴请宾客，只是在家与家里人吃一碗鸡蛋面，静悄悄地庆生。

不知从什么时候开始，我们乡下老家过生日的习惯也悄悄地变化了。

有人家过生日，不燃放喜炮了，因为村上走了人也放炮仗，以免误会，就改为燃放烟火。

一些年纪大一点的人也不愿意过生日了。我回家，老人们给我列举了好多例子，说是老人做寿大庆以后，身体反而不好了，有的甚至提前走了。他们还有理有据，说是人到了 60 岁，已经是六十甲子轮回一次，故而，从 60 岁到 80 岁，最好不要大张旗鼓地过生日，因为怕"提醒阎王爷，早早将过生日的人一笔勾走"。这当然也没有科学依据，但是，老家人过生日的习惯好像真的变化不小。

小时候，我很喜欢跟大人去亲戚家"送面"，我们沙地人送寿礼统称为"送面"。有句俗语叫作"请吃喜酒耐吃面"，耐，谐音替代词，意思是主动的。整句话是说，喝喜酒需要主人邀请，你不请我，我不来；但祝寿的事不需要邀请，自己可以主动前往，可以做不速之客。因此，过去那个时代，只要听到做寿的爆竹声响起，不要说亲戚，就是近邻也要带上长寿面和几瓶老酒不请自到。

我小时候，看到曾祖父那一辈的人做寿，感到很有趣。做生日的人家前一天就在家里设起寿堂，张灯结彩挂上寿幛，进行"暖寿"。近亲也会先住到做寿人的家里去暖寿。生日那天，一般在上午 10 点左右，做寿人家的客厅里会点上一对寿烛，通红透亮。两根又粗又高的寿香吐出清香，沁人心脾。朝外的墙上挂着红绸被面，上面贴着一个大大的"寿"字，两边辅之以仙鹤、松柏之类的吉祥图案。有的还画上一个慈眉善目的南极仙翁，两边写上"福如东海长流水，寿比南山不老松"之类的吉庆对联。寿幛下面依墙而摆的案桌上，则放置着祝寿用的寿糕、寿桃、寿面，还有茶食、糕点、果品等。我觉得寿桃很有意思，是用糯米粉和成面团，捏成桃子形状，涂上粉红色，既好吃又好玩。这时，亲朋好友都来了，只见寿星穿着礼服在椅子上朝外坐着，厨师用铺了大红纸的托盘端来寿汤，递上碗筷调羹，摆上寿酒，嘴里说着一堆吉利的话语。寿星马上拿出红包赏给厨师。这时候，厅堂外面喜炮声声，厅堂里按规矩向寿星行拜寿大礼，晚辈们跪拜后，都会得到一个红包，红包的钱不管多少，一定会是偶数，以示好事成双。大人们不好意思当场打开红包，我们小孩一定会立即打开，然后一边嘴里喊着是多少钱，一边冲出去玩。

儿时，我常听父亲说，有些人家做生日宴请很讲礼数，有的人自出请帖邀请客人，写上某月某日贱子几十初度，治筵敬请；有的是子孙出面请客，写上家严或家慈几十寿辰，桃觞敬请；有的不出帖子，亲友知道的，会自觉前往庆贺。

过生日也有讲究。过生日一般吃红蛋，剥蛋壳意味着剥壳重生的开始；吃面时，把面夹进碗里最好不要随意弄断，拉得越高越长，寿星会越高兴，因为寓意主人的寿命很长；有的人家逢十不庆祝，比如50岁生日，49岁庆祝，因为9代表天长地久，生命长久；蜡烛要一次吹熄，代表许下的愿望能一次实现；还有的人希望蛋糕不切成对半，也不要一切到底，因为有一刀两断不好的含义；有农历七月生日的不张扬过生日，因为七月十二、七月十五、七月二十七都是鬼节，一般不过生日，如果有人在这几天过生日可以提前或者推迟。

有人说，提前过生日好，预祝他生日快乐。也有老人说，不能提前，过日子不能含糊着过。到底好不好，自己认为好就好，别人说的只能当参考。

我家的人过生日一般都不庆祝，我女儿从满月开始，只有1周岁时抓了一次阉，后来的生日再未庆祝过。各人有各人的喜好，亲戚朋友中有庆生需求的，我也会去随礼，只要大家开心就行。

现在，不管是老年人、年轻人还是孩子都喜欢过生日，这说明生活条件好了，亲戚朋友在一起热闹热闹，还是挺开心的。过生日的方式也不像过去那样烦琐了。大家吃生日蛋糕，唱生日歌，开生日舞会，到宾馆酒楼宴请宾客，已成为生活的一部分。

有一次，我去一家宾馆住宿，看到大宴会厅里的背景墙上写着某某庆生晚宴的字样。据说，这位先生49岁，摆49桌。我与一位同事打趣说，要是他80岁，那时候会摆80桌呢。

乡下庆生的频次也越来越多，周岁、10岁、20岁、30岁……逢10必搞，场面越搞越大。有的居家场地小，客人的轿车没法停，只好停到几里路之外。

我还参加了一位老人的80岁生日宴，家里请了40多桌人，非常热闹，导致寿星都没能坐上桌子，在灶门口烧了一天的柴火。

你搞生日我也搞，而且礼金也越来越重。一些只靠种"一亩三分地"的农民反映说："谁没有个生日，我们这点收入，一年到头光送生日礼就差不多了。"

我有位亲戚对儿子说："你真有孝心帮我过生日，人家来了，你不要收礼，自己花点钱过生日我心里才踏实。否则，就不要搞，那样会让我不安的。"

过不过生日，没有统一的标准，只要开心就好。当然光有自己开心还不够，还需要顾及别人的承受能力。用欢喜心过生活，以清净心看世界，总是没有错。

"照新房" "看新人"

今天,我爱人最小妹妹的儿子结婚了,我和亲戚们都准备喝喜酒去。这让我回忆起儿时"照新房""看新人"的有趣事。

在20世纪50年代,沙地人将喝喜酒叫"吃花烛",用两张八仙桌子对靠,一对新人面门向南坐,俊俏的姑娘和活络的帅小伙成双成对站在两侧,新人对面放满了佳肴和一对大红花烛。整个厅堂往往摆成"梅花桌",那花烛酒自然居中,成为喜宴的焦点。红红的烛光下,宾客们欢声笑语,一派喜气洋洋。

那时的宾客座席虽然没有像现在这样摆上写有名字的席位卡,但谁坐头位、二位,还有三、四、五、六、七、八位都有讲究。一般大家都喜欢谦让,谁都不肯坐在重要位置上,拉拉扯扯总要花上不少时间。我还听说,一般头位都是让给舅舅坐的。

喝喜酒,最好玩的要数送房仪式。在喝过合卺酒后,新娘由男方女眷陪同进入洞房。客气的人家还要摆上"贺房酒",进行古老的贺新郎送房。桌上摆着八碗大菜,点上一对花烛,桌上系着龙凤大红台围,还挂着两只灯笼。人们搀扶新郎坐头位,姨兄表弟分坐三面,亲朋好友围坐听歌。

歌唱结束了,就要举行"撒喜果"和翻床仪式了,以免冷落了洞房中的新娘。这时候,又会唱起送给新娘的赞歌,直到把房门唱开。这时,歌手们用灯笼"照新房""看新人",说些逗人发笑的风趣话。大家在欢乐中逐渐散去。

最热闹的就是"吵亲"。沙地有个习俗,就是在结婚的日子里,"三天无老小,太公太婆也可以"。从结婚之夜起,连续多天,东邻西舍亲戚朋友纷纷拥进新房吵亲。大家打破尊幼辈分，出节目、找难题、做游戏、说笑话，插科打诨逗新娘，语言或幽默或粗俗，大家也不计较。

有些人家吵亲比较文明，有些却比较庸俗。特别是那种叫作扒灰的吵亲，又称爬灰，即在吵亲的场合，让公爹高举扒灰榔头推搡着在新房内走动，引逗"看新人"的亲友欢笑。稍微文明一点的，就是让新娘为公爹点香烟火，吵者故意吹灭，让新娘反复点燃。那个时代的人觉得很好玩，现代人很讨厌这样的闹法。

有人吵亲吵得出格的，在新郎、新娘入洞房前，就躲进了他们的床底下，时间长了，有的甚至睡着了。新郎新娘上床后突然听到呼噜声，把他们吓一跳。

后来，人们物质条件好了，文明程度也逐步提高。对那些以闹洞房为名义的下作、猥琐、淫秽的行为开始抵制，闹洞房那些烦琐的程序也开始改变了不少。

在上海，我参加过多次年轻人的婚礼，有些是西式的，比如草坪婚礼，庄园婚礼，以童话、海洋、电影为主题的婚礼等，有的婚礼场面浩大，现场会用上几台摄像摇臂，就像重大庆典的现场直播，主持词也不逊色于一场晚会。

在城市举办婚礼，最难的是订酒店，因为要考虑到亲友中更多的是上班族，必须利用节假日和周末。所以，在上海，办婚礼不用专门看日子，礼拜六礼拜天，天天是好日，为了选中意的酒店，许多人家一年前就订了。

工作在城市、家住农村的年轻人结婚也有为难的事，因为他们的亲戚和长辈大部分在农村，似乎无法避免要办一场农村婚礼，所以，他们只能选择在多地举办，有的先后隔了几个月。

有些家住农村的孩子办婚礼，既按照父母那些农村风俗的要求，又有自己的选择，省得两代人之间意见不统一。那些孩子在乡下办婚礼也注意现场布置，总要体现一点浪漫和自己想要的氛围。在喜棚里，有唯美浪漫的鲜花、漂蜡，有精致的口布，也有精美的小回礼，有的请节目主持人串场，也有的找一些同学或音乐爱好者演出一些小节目，还有的与亲友们合影留念，拍摄婚礼录像等，提升自己的婚礼格调，体现出热闹喜庆的气氛。

　　我结婚前，托人找了军用布票，那时外地布票在上海不通用。我请卡车司机帮忙到上海买衣服，结果钱和布票都被我搞丢了。没法子，我只好在镇上买了一件7元5角的内衬是帐纱布的纱卡棉袄。结婚了，单位里同事们凑了30元钱，给我买了一台26元的收音机和一本精装的《毛主席语录》，这些珍贵的礼品我也珍藏了很久。

　　我的体会是，办什么样的婚礼，要根据自己的实际情况而定，不要去攀比，也不要在乎别人怎么看。别人说什么都不重要，只要自己满意就行。

儿时我也想过飞上天空、潜入蚁穴

我不太爱看那些说了上句就知道下句的无聊的电视剧，我爱看一些儿童节目。东方卫视有个节目叫作《潮童天下》，这个节目安排在中午播出，它常常误我的事儿，让我看了它之后就忘记了吃中饭。

那些四五岁小朋友说出来的话，千奇百怪，这些话是大人无论如何也想不出来的。让你常常笑得合不拢嘴。

莫名的喜悦一次又一次涌入了自己的心田，我的心仿佛荡漾在春水里。我爱人有时也陪着我一起看，她也是满脸甜蜜的微笑，活像一朵盛开的玫瑰花。

是的，每个人都有着自己的童真、童趣。

回想起我四五岁的时候，那时候的生活很苦，根本就没有什么玩具，也没有什么好去的游乐场所，但我也有着无忧无虑、天真烂漫的生活。

太阳要下山了，我和玩伴们都想着要回家，但我看那些飞来飞去的鸟儿，它们好像还不想回家，还是飞得那么快活。它们的家在哪儿？我想，不知道它们愿不愿跟我回家，如果我们同睡一个被窝，该多好啊！比我大一点的孩子等大人劳动歇息时，偷偷地赶着水牛在田里玩，我也想去试试。想骑上它到我姑妈家去玩，那里树上有很多鸣蝉可以捉，我踩在牛背上就可能捉到它吧！可是刚刚拖住牛的尾巴，我就被掀了个四脚朝天，浑身上下都是泥浆，回家挨了一顿骂。我和其他小朋友都很喜欢追蝴蝶，我们这里的蝴蝶很漂亮，花纹也各不相同。我们争着去追，但它太狡猾，追着追着，突然就不见了，原来它躲进了菜花里。我想，下次跟其他小朋友躲猫猫，要是我也变成蝴蝶那该多好，躲进菜花里他们就找不到我了。

夏天的夜晚，在外面乘凉时，我看到萤火虫像天上的星星那样，一闪一闪的，很有趣。慢慢盯着看，时间长了有点儿累，我想睡觉，但又一想，要是我睡着了，嘴巴张开，萤火虫会不会钻进我的嘴里，生出很多小萤火虫，我呼吸时，这些新出生的小萤火虫会从我鼻子里飞出去。到了明天晚上，会不会就有好多好多萤火虫啊！……

这些天真烂漫的想法，也不知是从哪里冒出来的。每个人都有自己的儿童世界，都有自己这样那样的童年生活。

但是人长大了，特别是当了父母，就离自己的孩提时代越来越远了。忘记了自己童年时熟悉的一切，用自己现在看到的世界、获得的思想、生活习惯和社交需求等来教育下一代，他们很少了解孩子的心理，跟孩子也说大人话，剥夺了他们慢慢成长的权利，总是幻想他们能一步成才。

在游戏中，孩子们扮演医生，最好能去引导他们同情和爱护病人，学会对人体贴；想扮演中国人民解放军战士，就启发他们勇敢，相信自己一定可以打败一切敌人，树立自信心；想扮演老师，就引导他们怎么把话讲得让大家听得懂。

孩子是被表扬大的。他们总有一种积极向上、追求美好的心理倾向，我们要在不同的阶段，去满足他们不同的需求。

最近，邻居要我给他家刚上小学的儿子班上的兴趣小组谈谈写作，这可是一个不轻的任务。这让我想起了过去认识的一位朋友。他是一位儿童文学作家，他经常和孩子们一起玩，最熟悉儿童的语言、心理、兴趣和爱好，所以，他的作品能走进儿童的心里，深受孩子们喜爱。我得好好向他学习。

对那些童真童趣、那些奇特的想象、离奇的作为、荒唐的结局，我们成人都不要去笑话，不要认为那是幼稚，更不要去扼制他们的好奇心，孩子最怕的就是小时候受到打击。我知道有一个孩子小时候被邻居长辈随意说一句，这个孩子不会唱歌，唱得都走调了，后来她再也不愿意唱歌，现在都快40岁了，我也没有听到她唱过一句。孩子身上有许多优点和潜力是可以挖掘的，我们还是多一点耐心，多一点正面引导为好。

鲁迅先生曾经提醒我们："要学学孩子，孩子是可敬服的，他常常想到星月以上的境界，想到地面以下的情形，想到花卉的用处，想到昆虫的语言；他想飞上天空，他想潜入蚁穴……"

童真、童趣是一本教材，也是我们的一面镜子。孩子们不会说谎，应该去学习他们待人的真诚；孩子们童言无忌，我们的生活也应该多一点幽默，多一点乐趣，开心也不只是孩子们的专利；孩子们成天无忧无虑，想哭就哭，想笑就笑，我们何必要想那么多，背负那么重的精神负担，而不去享受更多轻松的生活？孩子们那么有好奇心，我们为什么不去像他们那样，发挥自己无限的想象力，去创造更加美好的世界？

老年人追求童真、童趣更是一件有意义的事。老了，空闲的时候就去看看儿童电影、儿童的现场演出，找回失落的童真、童趣，让自己进入散淡平和的忆旧状态，那些抑郁、孤寂、无助、烦躁、紧张等不良情绪就自然会减少。保持精神年轻，童心不老，也能乐而忘忧，忘记自己的年龄，无意中也就延长了自己的青春，还能让自己与儿童良好地沟通感情，活得轻松愉快，实现返老还童的梦想。

有一年，我和已经工作10多年的女儿一起回老家，我们父女俩专门在乡下那块熟悉的土地上去放风筝，湛蓝的天空中飘着朵朵白云，风筝就像展翅高飞的雄鹰自由地翱翔。我们怕风筝被高压电线碰到，来到更为广阔的田野上奔跑，不知不觉几个小时过去了，父女俩各自回忆起儿时放风筝记忆里的珍藏，放飞着属于各自的梦想。这是两代人充满色彩和欢乐的童趣回忆。无忧无虑的时光，不同的时代，不同的人生，有着不同的酸酸甜甜，但都有一个共同的感受，那么的纯真和美好。

"寻宝"之外的探索

　　香台头烧香的香炉有年头了,至少有近百年的历史。这个香炉刚开始是被人家用来腌制咸菜的,大家也不当回事,最近有人专门去寻找,准备收集文物建文化祠堂,香炉却不见了踪影,很是可惜。

　　我虽然不懂古玩,也从来没有买过古玩;但是,来到了异国他乡,亲眼去看看雅加达的古玩街,是不是对了解他们的历史、文化和风土人情也有好处?!

　　昨天上午,在华侨黄先生的引领下,我来到了位于雅加达市门墩区泗水路的古玩一条街。这条街一眼看去并不算长,估计最多也就三五百米。在我们中国,也就是小镇上小商品市场的一角。

　　这里有200多家古董小商铺。每间小商铺大的十几个平方米,小的只有五六个平方米。虽然规模不大,但毕竟在他们国家的首都,还是有一定的市场影响力。据说,澳大利亚总理、泰国总理、菲律宾总统、新加坡总理和美国总统克林顿等也来过这里。

　　漫步在绿树掩映下的古玩街上,没有想象中的那么热闹,来转古玩街的顾客并不多。包括我和黄先生在内,也就不超过十来个人。显得有点冷清。也许不是双休日,许多人都在忙工作吧!

　　这里陈列最多的是那些铜器、银器、铁器、陶瓷器、木器、水晶制品、玻璃器皿、画像、雕刻、手工艺品,它们的总体颜色偏红褐色,与个头不高长着一副古铜色脸的商贩倒是挺匹配的。

　　我走进一家七八平方米的店铺。店主似乎一眼就看出了我从中国来。他急忙拿出一幅画来。这幅国画像是年代很久远了，上面还题有白石老翁的字。但是画作的品相并不好，有明显的破损和霉斑。

店主介绍说，这是一位收藏家的藏画。收藏家去世了，他儿子拿来卖的。

我问他多少钱？他说，要相当于7000元人民币的印尼盾。价格是否合适，我也说不清楚。但既然是一幅名作，为什么收藏者不精心呵护呢？我手捧着画作，默默地站着，半天说不出话来。转过来一想，他们对古玩还不是很专业。

走着走道，我看到了中国的铜鼎、花鸟人物花瓶、观音菩萨瓷器、阿弥陀佛玉器、鸟形茶壶铜器。

这里的店主似乎没有中国人那样的热情。你问一句，他答一句。有些你问了，他也不回答。也许他们不了解这些古董的历史，也许是在试探你是否专业。不管怎么样，不懂历史的，没有专业的鉴定水准，是不敢轻易下手的。

在一家店铺里，我拿了一把大明宣德年制的酒壶，问店主，你怎么证明是那个年间制造的？他摇摇头说："不知道。"这多多少少让我有些不解。他只知道这把壶要卖相当于50元人民币的印尼盾。如果是真的，顾客就赚大了。如果是赝品，也亏不到哪儿去啊！

这里的人对古玩并不精通，古玩街的历史也不长。一位满头白发的店主介绍说，他经营这门生意也只有30多年，初始挑着走街串巷地卖，后来才集中在这里摆地摊，由于生意好，这里渐渐热闹起来。至于货源，有些是人家带到这里来卖给他们的，有的是老板派伙计出外收购的。

据说，这里销售的瓷器主要来自三个方面：一是在周边海域打捞上来的中国古代瓷器，二是当地华人祖先从中国带来的收藏品，三是现代的仿制品。真品的瓷器大都以民窑作品为主，精品不多。更让我感到惊奇的是，有些花瓶色彩非常鲜艳，像是出炉不久的，但那些商品却卖到了古玩的价格。

在一家店铺里，我还看到了18、19世纪的照相机、留声机、脚踏缝衣机、煤油灯、英文打字机等。这些历史也太短了吧！我是不会买这样的"古董"的。

我反复问同行的黄先生这样一个问题："难道这些就算古董了吗？"黄先生跟我说，当然跟我们中国不能比啊！这里的古董，最长也就一两百年的历史。

　　除了中国的古董，这里也有巴基斯坦的铜器茶具、欧洲的瓷器、铜铁火炮、航海指南针、望远镜，以及印度的铜器套式茶壶、茶杯等。这些古董的叫价高至2000美元，低的仅5万印尼盾。

　　给我留下深刻印象的还是古玩街那些印尼传统木雕。商品确实精美，内容千奇百怪，有人物、动物以及各种宗教题材的作品，其中尤以人物雕塑最为生动。印尼的民族木雕刀法细腻，形象传神，形体动作常常非常夸张。

　　但是，有一件事令我不解。在一家店的门口，有人拿着刀具铲除雕刻品上旧的痕迹，还用砂纸不断地在上面打磨，然后涂上新的油漆，再放进店内。他们不是在"修旧如旧"，而是在"推陈出新"。这又怎么叫作古玩呢？也许是为了迎合当地人的胃口。看来，当地人还是很实诚的。

　　在边走边看的路上，黄先生总是善意地提醒我："不是非看不可的商品，不要随意触摸。接过商品要用双手，必须小心翼翼。"

　　因为他在云南和西安两地的古玩市场上，就遇到过讹诈的事情。他特别小心，结果还是有一只瓷碗和花瓶莫名其妙地坏在了他的手上，结果商贩一定要他赔偿。他吃过这样的哑巴亏。

　　这一次，我当然也是小心翼翼，但这些商贩的动作也很夸张，丝毫没有要讹诈我的意思。尽管语言不通，但我从他们的眼神和肢体语言里发现了善良和纯朴。

　　与那条街上卖古玩的几十位商贩进行了交流，我发现，他们开出来的价格往往随心所欲，有些不赔钱少赚点就卖了，他们似乎没有想发大财的心理。估计这里的古玩市场今后会火。

　　我走了古玩街的三分之二多些，继续朝前走。我越看似乎越不对劲，这些店铺里的商品都是一些箱包、鞋帽、灯具、丝巾等日用小商品。为什么将这些放在古玩一条街上卖呢？说明古玩街铺没有租完，市场还有待开发。

　　印尼的那条古玩街上展示的，很多是从我们中国流传出去的东西。参观以后，我的心情久久不能平静。

联想到我们老家农耕文明中一些日常的劳动工具,例如水车、水磨、犁铧等;还包括一些生活用具,如马灯、风箱、辘轳、磨子、布机等。这些传统农耕文明的器具,虽然算不上真正意义上的文物,但是,它们寄托着传统农村社会中人们的精神追求,可以直观地反映出传统文化的审美趣味,保留着人们对传统乡村生活的美好记忆。

但是,几十年来,乡下房子改造了一次又一次,为了生活的方便,许多人家将这些遗存人为地损坏、遗弃了,有些东西被一些不法商人低价收购走了。

保存好乡村的文化记忆多么重要。一棵老树、一口老井、一座老宅子,都承载着乡愁,对乡村记忆而言,都是珍贵的文化遗产。

香台头是一个地方独特的历史、科学、艺术、文化资源,不仅仅是人们缅怀祖辈的器物,它更承载着一辈辈村民对于故乡、家园的记忆和情愫,也是维系村民乡情的纽带,是村民们的精神图腾。

乡村文化是传统的,乡村信仰是朴素的。但是,老家香台头传统文化的传承受到了一定的影响,致使香台头的传统文化基因有逐渐流失的趋向。因此,唤醒当代人继承发扬乡村传统文化是很急迫的,也是非常必要的。因为,乡村振兴离不开文化的引领。

过 年

明天，就是除夕了，羊年的喜庆气氛似乎尚未散去，猴年的钟声将在耳畔鸣响了。

时间过得真快啊，忙忙碌碌中，一年的光阴不知不觉地又跑到了尽头。

像候鸟一样，在外的儿女都盼望着早一点回到老家。此时此刻，路远的有的已经到家，还有的仍在路上。许多人一年当中其他时间都不赶，要赶就是除夕晚。

每逢春节，回家的人就会汇成一股滚滚的春潮，无论路途远近，无论寒风暴雪，更无论富贵与否，都挡不住人们回家团圆的脚步。

村上的老人们开心而又急切期待的就是这一刻的到来。每当汽车喇叭一响，老人们总是探头看一看，是孩子回来了吗？

"爷爷、奶奶！爸爸、妈妈！我们回来了！"

孩子们还没有走进家门，眼尖的忠实老黄狗早已一路跑到跟前，轻叼裤角，摇头晃尾。它们以特殊的礼节迎接回家过年的亲人。每一声车鸣，带来的是一串欢快的笑声，涌动的是一阵暖暖的亲情。在农村过年，要比城里热闹多了。

之前几年，我在上海过年，一比较就有体会。这两年，我们那个小区在城里过年的人越来越少了，大都市几乎成了空城，要么去南方暖和的城市或者去国外旅游，要么就回老家过年。

在老家农村过年的那种快乐，城里人也许体会不到。一到家，就像田野上吹来的那缕春风，是那么清新和自然。

今年，我看到村里的人们还像往年一样，做豆腐、蒸馒头、蒸米糕、酿米酒、杀鸡宰羊、炒花生、炒瓜子……大红的对联贴起来，喜庆的灯笼挂起来，雪后村里的天空特别晴朗，飘荡着喜气洋洋的年味。

我爱人兄弟姐妹多，大部分在农村，今年春节的几天假期排得满当当，相互串门喝年酒是一件头等大事。家人们坐在一起，在外工作的聊趣事、乐事、新鲜事；居家的谈家事、农事、琐碎事；大家都谈孩子的事、老人的事、好事、美事，说不尽道不完，说几句吉祥的祝福，喝几口村里人酿造的米酒，吃几口母亲做的家乡菜。长辈的殷殷祝福，年轻人的创业信息，会比那澄黄透亮的米酒还要醉人，点点滴滴温暖心田。

上海从今年起，外环线以内严禁燃放烟花爆竹。但是，在我们老家，估计明天除夕子夜，震耳欲聋的鞭炮声、五颜六色的烟花仍会映红夜空。不知道今年是否有所改进，因为放烟花、点爆竹，毕竟有噪声及空气污染。

现在过年在乡下团聚，有两点困惑。一是做饭的人太辛苦，大家都过年，厨师也不好请；二是几乎家家有汽车，有的一户人家有几辆，停车成了难题。

为了吃上团圆饭，一家人忙得团团转，为了亲人再辛苦也乐意。一大桌的饭菜，都是老做法，都是老味道，但浓浓的味道，却是对过去的思念，亲人们要的就是这种老味道，城里的厨师是无论如何也烧不出这样老味道的。

汽车再扎堆，也要挤着去，因为这顿饭，不在于吃什么，有人赶了几天几夜的路，图的就是与亲人团聚，这种团聚就是对吉祥、喜庆、幸福的向往，可以让人记取在旧时光里的浪漫，这是亲眷凝聚的力量。

欢欢喜喜过大年，现在人有了很多的改进，边看"春晚"边守岁。自从"群发的短信我不回"唱响春晚，也改变了传统拜年的形式。很多人将拜年祝福"搬"到了微信上，取代了短信。上了年纪的人也会忙着"按住说话"，和群里远方的亲朋好友互道新年好；小孩们也会抢着父母的手机，说是要帮着抢新年红包。估计今年春节拜年，这股"微"风将让这个猴年更有年味儿。

过年，也不是每个人都高兴得起来的。有的人谈到过年，甚至想躲一躲。送年礼、请年酒、给孩子压岁钱，都是不小的负担，尤其在乡下，收成不好，真的是过年如过关。有人在城里打工已经好多年没有回家过年了,想想这么大一笔开支,实在吃不消,只好等一等,等有了钱,再还上这笔亲情账。对他们,需要更多的理解和宽容,要体谅到他们那种失意、惭愧、惆怅交织的心情,年关越是临近,他们的压力越大。岁月是多么的残酷和催人啊!

一位70后跟我说,自己长大成家以后,好像觉得过不过年无所谓了,自己心中的年味越来越淡,感觉也越来越累,回一趟老家简直像逃难一样,大包小包转车走路拎回家。回到家,也只是比谁挣的钱多,谁挣的钱少,不管这钱是偷来、抢来的,只要是钱多,人们就认为是成功人士。否则,就是失魂落魄的失败者,感觉灰溜溜的抬不起头。过年了,钱也不值钱了,花钱如流水,造成了多大的浪费?光压岁钱就是普通工薪阶层两三个月的工资,最终花了许多钱,有时可能因为谁多了、谁少了,谁给了、谁没给而得罪了人。

"年年岁岁花相似,岁岁年年人不同。"这位熟人说,过年,小孩很开心,大人却很累。过年,过年,对有些人来说,就是坐在家里收钱;对穷人来说,就是过关!

在外打工的回家过年,乡下的亲戚总有问不完的问题。你在哪儿上班?做什么工作?能挣多少钱?有对象了吗?买房了吗?什么时候准备结婚?因为有些问题很难回答,所以有人就不想回家过年;有人没有谈对象,家里追得很急,只好出高价租个"对象"回家过年。

我与一位亲戚聊起过年。他说,过年不仅是吃喝,而且是一种礼仪,也是教育孩子最好的课堂。

他说,要注意这样一些教育:过年了,家里来客人多了,孩子见人要有礼貌,要知道怎么称呼长辈,有些年轻人自己都有了孩子,也不知长辈的称谓;小孩接过红包要说谢谢,不要当面拆红包,更不要嘴里还喊着是多少钱,如果对方给的红包钱不多,会觉得很尴尬;好吃的东西不要让孩子独享,要养成尊重长辈、跟大家一起分享的好习惯;大人说话,小孩多听少插嘴;走亲戚,不要去乱动人家的东西。我想,他说得很对,给孩子补上这些课,长大了就会懂得怎么做人。

这些天来，村里许多在外工作的年轻人都陆续回家过年了，他们有的忙着帮助爸爸妈妈做家务；有的放下手机，陪亲人们聊天；有的与儿时的玩伴玩起了纸牌；还有的到邻居家串串门，给长辈们送上一些小礼物；等等。我看他们既开心又充实。有邻居说，孩子们长大了，也懂事了，看到他们的成长，心里比吃蜜还要甜。

一年又一年，过年，年年过。人生中，一根根旧烛燃到了尽头，就有一根根新烛重新点燃。让岁月捡回曾经的笑脸，让欢乐把疲惫冲淡，让信念托起新年的祝愿！

农民就是田园的舞者

最近,老家如东农村,刮起了一股来势凶猛的"旋风",村村都在跳广场舞。香台头的乡亲们也不甘示弱。

夜晚,这里虽然没有城市里的那种奇光异彩,更没有"水柱"助威,只有一个简单音响,以及邮局门口霓虹灯的余光。那跳舞的人群中,多半是年过花甲的老奶奶。她们的舞姿开始似乎有那么一点僵硬,但跳着跳着,还是身轻如燕,翩翩起舞,激昂的声势、整齐的动作,让观看的人神色都愉悦起来,经过这里的人放缓了脚步,许多人驻足为她们喝彩!

夜幕刚刚降临,刚从田间辛勤劳作回家的人们匆忙吃一口饭,从四面八方聚拢到香台头,跟着音乐的节奏,忘我地跳了起来。尽管他们没有统一的服装,但还是整整齐齐地舞蹈着,犹如一只只美丽的蝴蝶在黑夜中翩翩起舞,在夜灯的辉映下不时发出耀眼的光芒。夜深了,人们渐渐带着一脸的轻松与喜悦离去。踏着广场舞曲优美的旋律,人们也恋恋不舍地回家了。他们回家以后也许会变成一只白色的天鹅,随着音乐,踮起脚,在舞池中慢慢地旋转……

这一幕幕让我联想到,老家的乡亲们是在用自己优美的舞姿来表达幸福生活,来庆祝新中国成立70周年,来感谢党的富民政策。当然,这也是他们自身精神文化生活的需求。

农民本来就是田园的舞者。乡村文化本身就是我们农民自己创造的,有属于自己的乡村精神家园。

在我们每个人的心目中,故乡是自己魂牵梦绕、精神寄托的地方。它安宁稳定，乡亲们纯朴善良、恬淡知足。相对于城市的快节奏、人与人之间关系的复杂与淡漠，乡村则有着更多诗意与温情，它承载着乡音、乡土、乡情，以及古朴的生活、恒久的价值和传统。

农民需要文艺，农村的文艺人才也不是从天上掉下来的，而就在我们土生土长的人群当中。

1958年，我们南坎公社就成立了文工团。团长尹万和，骨干演员顾万余、顾翠英、韩克勤等，都是我们香台头一带的农民。

最近，我去采访了家离香台150米的顾万余，他今年79岁，看上去身体还很硬朗。我去的时候，他在责任田里干农活。邻居大声喊他回来，他耳朵有些聋，又叫了一会儿，他终于听到回来了。

他是当年文工团的一位越剧演员，在《梁山伯与祝英台》中主演梁山伯。远远走来的顾万余，性格恬淡，不紧不慢的。从他的步姿，我好像还能看到他在舞台上常用的身段动作和基本造型。

身材修长的顾万余仍然保持着几十年练就的基本功。在与我交谈中，我也感觉到他似乎在用手、眼、身、步有机配合的肢体语言与我对话。

他告诉我，公社成立文工团，团员没有任何待遇，在公社的旁边划了20亩土地，种上粮食和蔬菜，负责演员们的供给，多下来的收入勉强弥补一些开支。主要演员一般不去下田干农活，配角演员平时就是种田，有了演出任务才去排练。每月的伙食费也就在8元至12元之间。虽然没有任何的报酬，但是大家学习的积极性很高，都是天不亮起来压腿、跑步、吊嗓子，晚上12点之前也不想睡觉，大家都很兴奋，不演出的日子也是这样。

他一场戏下来，几十段的唱词，上言下言都能背下来。有时候连续十几场的演出，疲劳了，忘词了，他也能够自己"救场"，哼着调糊弄过去。因为看戏的人虽然能看到幻灯片上播放出来的文字，但一般也不会觉察到什么。老百姓看戏的积极性非常高，公社的礼堂也就七八百个座位，最多的时候挤上1000多人，几个钟头站着看都不觉得累。

顾万余回忆说，他小学毕业就去扬州艺术学校学习了半年，后来又到南京越剧团学习半年。在团里，他相对比较专业。

演古装戏，需要龙袍等道具。龙袍有红绿黄紫等各种颜色，而且需要买几十件，新的要1000多元一件，顾万余就想办法去淘旧货，赶巧了三四百块钱就能买到一件。他说，到村里演出，没有专门的戏台子，每次都要去老百姓家里借来三四十张方桌子，搭起临时的舞台。他们很喜欢到河工上去慰问演出，因为那里米饭可以敞开肚皮吃，碰巧了还能吃上一顿肉。他们团里不仅能演越剧，还能演黄梅戏、山歌剧等。到一个地方演出，没有三五场是下不来的。

是啊！乡村文化具有那么广泛的群众基础，在凝聚民心和文化传承中确有独特的作用。

文化是我们劳动人民自己创造的。我们需要发现农村生活，展现田园风光，积淀乡村文化，传承优秀民俗。

香台村农民季维康的文化创意令人刮目相看。他苦练鼻尖顶70公斤重物的本领，多次走上央视舞台。

季维康今年60周岁。他告诉我，这纯粹是个人业余爱好。有一次，他在电视里看到，美国有一位叫西蒙的能用嘴顶起冰箱。他受到了启发，西蒙能用嘴顶起冰箱，要是自己能用鼻子顶起重物，也会很有意义。

季维康从小爱顶东西，随着顶技越来越高，顶的东西也越来越多。"农田是我的练习场，绿油油的庄稼、静静的田野是我的观众。"季维康说。

他为了练功夫，光打碎的啤酒瓶就有500多个，鼻梁上磨去几百层皮，破一层皮疼上好几天，现在已结成了铜钱大的老茧。朝朝夕夕苦练，练就了一身过硬的顶功，小小的鼻梁，能把各种物件顶起来，方的、长的、圆的，微小到纤细的羽毛管、纸币，以及指甲剪、碗、农用器具等，均不在话下。眼镜打开后，他顶起一条眼镜腿，半个小时不倒；顶起桌子的一条腿，上百斤重的桌子腾空而起。后来，他鼻尖上顶起6层酒杯，手里拿着唢呐得意扬扬地吹奏乐曲。他说："我也要让左邻右舍见识见识，过把瘾。"

从央视《乡村大世界》到全国牛人比赛，再到参加湖南卫视的中国牛人节目，季维康始终艺高人胆大，保持着良好的状态，以零失误的表演，把绝技呈现给观众。北京、上海的观众送给他"中国鼻梁顶技第一人"的称号。

季维康受邀参加中央电视台7套录制的新农村电视艺术节。在乡村牛人绝技绝活展示的"牛人大赛"中，他顶着话筒出场了，主持人以为他的绝活是"挑战主持人"，然而，这回他亮出的表演绝活是挑战鼻尖顶鸡蛋，1个，2个，3个……老季稳稳当当顶起3个生鸡蛋，同时很轻松自然地将套头T恤脱掉又穿好，这功夫足以压过当年在中央电视台4套节目中表演顶木棍，同时脱衣服和裤子的外国人。就这样，季维康成为直通选手入围十强。

当他第二次踏上央视舞台，用鼻尖顶起70公斤重的电冰箱。

在东方卫视"中国达人秀"江苏地区的选拔赛中，一台55公斤的电冰箱被拉上现场，季维康用鼻梁顶起，稳稳当当往前移动了两步，坚持20多秒钟，最终以"顶重第一"的身份进入东方卫视中国达人秀的表演舞台。

演出多了，香港、澳门以及内地的文艺团体、旅游景点都诚邀季维康演出，他到澳门演出六七场后，很多观众把他团团围住，与他一起合影留念。新华网、江苏卫视、安徽卫视、湖南卫视等数十家媒体都报道过他的技艺。

季维康说："玩，是人的天性，脸朝黄土背朝天的农民，也是喜欢玩的。玩就要玩出一个名堂。我有一个心愿，与老外在同一个舞台上比一比，赛一赛，在吉尼斯世界纪录上刻上自己的名字，留下我们如东牛人的痕迹。"他也希望通过演出募集善款，去帮助贫困山区上不起学的孩子们和身边的困难群众，把快乐和爱心献给社会。

前几天，我与香台村党总支书记仇小华交流了乡村文化建设的一些想法。这里需要建一个"香台文化祠堂"，既追忆历史文化，又展现现代文化。需要有一个属于我们农民自己的文化舞台。他告诉我，乡村两级领导都很支持这个想法。

如今大批农民进城了，前几年还说，乡村只剩下老人和小孩了，如今老家的小孩也去了城里上学。乡下的家园尤其是精神家园令人担忧。

但是，充满诗情画意的田园风光不会全部被喧嚣和紧张的城市气氛所代替,如今已有很多农村人重返家乡,他们的乡村记忆不会消失,乡村个性的文化也正在凸现,重构乡村文化的途径正在拓宽,乡村文化仍有其独特的社会意义和精神价值。维护、传承和创新乡村文化,正成为深入研究的时代课题。这些都是令人欣喜的。我在朦朦胧胧中已经觉察到了它的存在。

现在已经到了盛夏,树上的知了已经迫不及待地爬上了树梢,在那"清风半夜鸣蝉"地吵闹了;纯朴的老乡们在那郁郁葱葱的大树底下尽情地说笑着。这里虽然没有那种造价不菲的大剧院和博物馆,但却有那活生生的历史,有着让人难以忘怀的乡村文化历史。

月季花开

这几天,我老家小花园里的月季花怒放啦!

花瓣一层一层,紧紧地挨在一起,花蕊是淡黄色的,在花瓣的簇拥下显得格外美丽。

听说,月季花的颜色很多,有红的、粉的、黄的、紫的,还有绿的呢!而我家的月季花只有大粉红的和大红的两种,也够艳丽的。

这么美丽的景色,又是咱自家的,不要说有一种淡淡的诱人的香味,就是随便瞧一眼,也很难让自己的心平静。

下个月,我的外孙女李由第一次从国外回来。她外婆说:"月季花,你能不能盛开得久一点,等李由回家时,再开得艳丽一些。"

月季花的叶子是椭圆形的,一片片叶子挨挨挤挤,层层叠叠,长得特别茂盛。你会发现它根部的叶子是深绿色,而顶端的则是暗红色,叶子的边缘有很多小齿,真像一把把小锯子呀!幸好,我家的月季花是嫁接的,接近2米高,花开在上端,下面是像木棍似的秆。李由不可能碰到那树叶上的小齿,否则会扎到她的小手,那可让我们伤心了。

从月季花的成长,我也看到我孙女李由身体的变化。月季花的秆一般只有小拇指粗细,越往上就越细,刚长出的秆是嫩黄色的,慢慢地变成浅绿色,最后就长成墨绿色的了。我家李由一开始大腿很粗,现在看起来,瘦了许多,其实不是瘦了,而是嫩腿慢慢长长了,显得细长了。

谁看自己的孙女都像公主。月季开出了鲜艳的花朵,红的像火,粉的像霞,让人目不暇接。刚才雷雨交加,也有一阵风吹过,月季花摇摇摆摆地晃动着身体，真像个美若天仙的公主在翩翩起舞。

  我们家李由前些天传来视频，歪歪斜斜地扭着身体，说是有人教她跳的现代舞，煞是好看。虽然没有那么专业，但因为有童真，我感觉比公主跳得还好看。那月季花儿有的盛开着，像一张张笑脸；有的才展开两三片花瓣；有的含苞欲放；有的只是花骨朵儿。我们都希望月季花开得久一些，久一些，再久一些。

  月季花的花和绿叶经阳光一照，像穿着五颜六色衣裙的少女，有的像蝴蝶翩翩起舞，有的害羞地掩面含笑，美丽极了！

  李由也一样，没有大人看她时，她跳得大方自然；大人若眯上眼睛盯着她看，她也会羞羞答答的，然后跳着跳着就走开了。她不是故意不理你，而是在给你留点遗憾，在你不经意中，她还会跳着给你看。她虽然不收你的门票，但因为这是她目前最好的最真实的表演，所以是很珍贵的。珍贵的东西都不会让你看个够。

乡间的心路

《家园春早》张正忠

感　恩

今天，是重阳节。儿时我们在乡下过重阳节，会吃重阳糕，但我不知道重阳节有什么意义。

现在不一样了，今年的重阳节又适逢周末，许多人都去参加一些活动，或自觉做一些事情，去关心那些重要的人。

重阳节又叫老人节，感恩父母，尊老敬老，这是中国的传统文化。最美好的幸福时光是陪陪家里亲爱的老人，一起散散步，晒晒日光，聊聊天，尽尽孝心，享受人间的美好。

但是，现在感恩文化的教育越来越少，一些年轻人对感恩这个词似乎不太关注，所以也不是每个人都懂得感恩的。

丰子恺说："你若爱，生活哪里都可爱。你若恨，生活哪里都可恨。你若感恩，处处可感恩。你若成长，事事可成长。"

对自己有帮助的人，都应该去感恩，从这一点出发，便很好理解。

但是，有一种感恩很难做到：感恩那些曾经伤害过自己的人。其实，他们也是值得被感恩的。

通过感恩，去消解内心对他们所有的积怨，涤荡彼此之间的一切尘埃。当然，这是一种很高的精神境界。所以，感恩是人生的大智慧、大学问。

有一次，美国总统罗斯福家里失盗，被偷去了许多东西。一位朋友闻讯后，忙写信安慰他。

罗斯福在回信中写道："亲爱的朋友，谢谢你来信安慰我，我现在很好，感谢上帝：因为第一，贼偷去的是我的东西，而没有伤害我的生命；第二，贼只偷去我部分东西，而不是全部；第三，最值得庆幸的是，做贼的是他，而不是我。"

对任何一个人来说，失盗绝对是不幸的事，而罗斯福却找出了感恩的三条理由。

感恩，不一定是感谢大恩大德，而是一种生活态度，是一种善良的人性美。心存感恩，生活中才会少了许多怨气和烦恼。

几十年前，我也曾经受到过别人的打击，让我被迫离开了自己热爱的工作岗位，做了其他一些我并不喜欢的工作。久而久之，我还是进入不了状态，没有办法，后来只好转身来到另外一座城市，又重新做回自己喜爱的职业，而且有了更广阔的舞台。

回顾这一历程，我从心底真正拐了一个大弯，从原来对那些人的记恨，变成现在对那些人的感恩。要不是那些人给我的阻挠，我就不会有后来的发展。

有禅诗说："拨开世上尘氛，胸中自无火炎冰兢；消却心中鄙吝，眼前时有月到风来。"

人在纠结时想获得平静，是很难做到的。

但老是纠结也没有什么用，经过一个痛苦的过程，就应该让自己慢慢地平静下来。心静了，会听见自己内心的声音，也对世间的许多事情慢慢看清了。慢慢想通了，那些阻碍自己的人，实际上是从另一个角度成全自己的人。要不是阻挠，自己也不会去选择另一个方向，不会接触新的知识，熟悉新的环境，结识更多的人和事。一个人老是原地踏步，对自己也没有什么好处。

心态平和、怡然自得，才能找到属于自己的位置；只有去留无意，方能豁达乐观、淡看风云，才能让自己逐步成熟起来。

人的成长来自各个方面，有时候，阻挠也是帮助。从这一点来看，自己也是需要感恩的。

原谅那些伤害过自己的人，人生就会充实而快乐。如果自己被伤害了，从此一蹶不振，那是很可怕的。把那种伤害当作倒逼自己的动力，反而能成全自己。因为那些是另一个层面的帮助，也是值得感恩的。

有位哲学家说过，世界上最大的悲剧或不幸，就是一个人大言不惭地说，没有人给我任何东西。

生命是相互依存的。我们生活在这个世界上，处处享受着来自各方面的"恩赐"，包括阻力和困扰。恩赐无处不在，只是自己有时候没有感觉到，没有意识到而已。

感恩是一份美好的感情，是一种健康的心态，是一种自己良知的发现，也是自己前进的动力。

心存感恩的人，才能收获更多的人生幸福和生活快乐，才能摒弃没有意义的怨天尤人，远离烦恼。一个人在拮据艰窘的逆境中奋斗的时候，既要感恩帮助过自己的人，也要感恩倒逼自己的人。感恩苦难逆境，感恩自己的对手，正是他们的存在，才铸就了自己的进步。

每天的太阳都是新的。自己有了感恩之情，生命就会得到滋润。即使自己没有获得大的成功，但人生也会闪烁着纯净的星光。

对陌生人的善意之心

这些年，到农村骗钱的事情越来越多了。尤其是一些老年人，上当的次数真不少。

现在社会欺骗的事情确实太多，让人不得不警惕。面对陌生人说的一句话，明明是好意，也会琢磨半天，猜测个没完，有时甚至越想越害怕。

很多时候，我们往往孤身一人，这时我们会不经意地忽略身边的人，但我们的温暖又往往来自生活中的一些陌生人。

有一次，我去乡下的小集镇上修一个包的拉链，在街上找了半天，也没有找到修理的师傅。这时候，来了一个陌生人，他说，他带我去。他带我穿过了几条小巷，当时我也担心是不是受骗了，但他真的带我找到了修理拉链的师傅。我很感谢那位带路的陌生人，问他要多少钱，他说："举手之劳，谈什么钱。"修理的师傅帮我修了好一会儿，只收了5元钱。

这件事对我教育很深，这个世界还是好人多啊！陌生人这样善意地对我，我也要善意地对待陌生人。

人的一生中，总会遇到陌生人的善意之举，遇到了，开始总会先诧异一下，然后觉得不好意思，心里却是有一股暖流在流淌。

因为害怕陌生人，我们怀疑这些善意之举会不会是别人处于目的性而故意为之的，所以常常戒备着周围的一切，有时候甚至还会拒绝别人的帮助。

但是，对于这些陌生人善意的帮助，我们真的感到非常的温暖，正是因为陌生，才会觉得这种温暖异常的可贵。

有一次，我在我们小区门口看到两个50岁开外的一男一女，穿着很朴素，蹲在马路边，他们的脸上显示出多么的无奈。他们跟我说，他们从老家农村第一次来上海，找不到亲戚的家了，又没有电话，现在想回家，身上的钱又不够买返程车票。我问他们要多少钱？说是要50元钱。我就给了他们50元。

哪知道我从街上转了一圈回来，他们还在我们小区门口蹲着，好像又在寻找下一位被乞讨的对象。这时候，我好像有一种被骗的感觉。但反过来一想，就是被骗了又怎么样。我也没有上去盘问，就径直回家了。

我想，反正我也没有做错事。自己以诚心待人，别人怎样待我，那就不是我能左右的。至少我是心安理得的。再说，万一是真的呢，也算是做了一件好事。

我宁可相信，这个世界还是好人多。我们没有必要对未成定论的事情进行无谓的猜测，或者是极端的想象。别人骗我，他的良心会受到责备，而我们对陌生人有一颗善意之心是对的。

人在社会，难免与陌生人打交道。我们防人之心不可无，但是，帮人之心却可有，你怎么去帮助这个世界的人，这个世界的人就会以另一种方式给你温暖。对熟人好，也许你会得到回报；对陌生人好，虽然没有回报，但心里是快乐的。

我们自己在无助时，多么渴望陌生人的帮助，多么需要陌生人宽容的谅解和理解。特别在求助无望的时候，如果有人伸出援助之手，你就会有十倍、百倍偿还的心。

做人，不仅要有一双犀利的眼，更需要有一颗仁义的心。以心换心，才能获得真情实意；做事光明磊落的人，做事总是那么坦坦荡荡。这个社会很现实，但是，我们依然可以坚持自己的原则。对陌生人，尤其是对有需求的陌生人，更需要有善心。如果别人认为你很傻，傻一点也没有关系，傻人有傻福。如果别人在演戏，你也可以陪他演完这场戏。

我们不要抱怨，这个世界还是好人多，看到陌生人，我们可以释放自己的善意，要对这个世界温暖以待。大家都这么去想，世界一定会更美好。

真诚待人，以心换心

我有一种感觉，比起城里人，我们老家的人更加纯朴，更加重情重义。村上有的人宁可把困难留给自己，只要朋友有需要，就会不顾一切地去帮助。

人与人相处，总希望能交几个真朋友。相处要真心，相伴要交心，重情重义才能换来不离不弃。

我熟悉的重情重义的人，他们很豪爽，也很大方。

他们最喜欢跟自己性格相似的朋友交往，他们都有"有福同享，有难同当"这种最朴素的想法，他们最怕的不是朋友落难，而是被朋友出卖。

在我的生活中，也有几个重情重义的朋友。

我和他们没有任何的利益关系，但是每当我遇到一些事情，他们会主动来到我的身边，不一定是金钱的援助，有时是守在身侧，陪伴着我，让我心里会涌动出一股暖流，常常被感动的泪水打湿眼窝。

当自己奔波在外，他们总惦记我的安危，牵挂我的身体，百般在乎。平常的日子，不用说什么，甚至连自己都没有想到的，他们想在我的前面；关键时刻，总是鼎力相助，重情重义的点点滴滴，让我的心里总是热乎乎的。

这些重情重义的朋友，值得我一辈子用加倍的真心感恩他们。

曾经有两个人在沙漠中行走，他们是很要好的朋友。

在途中不知道什么原因，他们吵了一架，其中一个人打了另一个人一巴掌。那个人很伤心、很伤心，于是他就在沙漠里写道："今天我朋友打了我一巴掌。"写完后，他们继续行走。他们来到一块沼泽地里，那个人不小心踩到沼泽里面，另一个人不惜一切，拼了命地去救他。

最后，那个人得救了，他很高兴。于是，他拿了一块石头，在上面写道："今天我朋友救了我一命。"

朋友一头雾水，奇怪地问：

"为什么我打了你一巴掌，你把它写在沙漠里，而我救了你一命，你却把它刻在石头上呢？"

那个人笑了笑回答道："当别人对我有误会，或者做了什么对我不好的事，就应该把它记在最容易遗忘、最容易消失不见的地方，由风负责把它抹掉。而当朋友有恩于我，或者对我很好的话，就应该把它记在最不容易消失的地方，尽管风吹雨打也忘不了。"

重情重义的人难能可贵，但是，现实生活中虚情假意、假仁假义的人也不在少数。他们往往用敷衍的态度去对待他人。虚情假意的人，还往往喜欢伪装仁慈善良，满嘴虚假的仁义道德。

重情重义的人会为你指路，虚情假意的人，才会给你设套路；重情重义的人、会疼人、会尊重人，虚伪的人也会尊重人，但他们只尊重对自己有利的人；重情重义的人对别人的认可和赞美是发自内心的，而虚伪的人有时也会夸人几句，但为了显示自己比别人高明；重情重义的人说话总是直来直去，会开诚布公地表达自己的观点，而虚伪的人习惯在背后与人窃窃私语；重情重义的人会真诚待人并且乐于提供帮助，而虚伪的人有时待人好，目的是因为自己有事求人；重情重义的人对自己做出的承诺会全力以赴，而虚伪的人许下承诺比谁都快，但之后往往不了了之。

相信每个人都对别人有过真心，但遇到了虚伪的人，真心换来了假意，自己往往会改变做法。其实，这也没有必要。只要自己是真心的，别人的假意跟自己没有关系，因为我们管不了别人，做好自己就行。

重情重义的人，必定有着好的人品。

人过一辈子，人品做底子。人的一生，什么都可以输，唯一不能输掉的是自己的人品。因为好的人品能成就一生，坏的人品能毁掉一生。正直的人品，像强大的磁场一样，时刻吸引着弥足珍贵的真情。假情假意，迟早被人远离；

真心真意，永远被人珍惜。

　　日久见人心。时间久了谁是真心，谁是假意，大家都会了然于心。世界上的人千等百等，我们珍惜自己相信的人就好，不要管别人套路不套路自己，真诚待人，以心换心，是做人的本分。只有这样，自己才会有不离不弃的真朋友。

做事容易做人难

乡下有两户人家，常常为一些鸡毛蒜皮的事，闹得不可开交。

西宅那家要请跟他家有亲戚关系的那户人家评评理，明明是西宅那家不讲理，但也不敢开口，生怕得罪了亲戚家。东家也去让那户人家评理，那户人家小心翼翼也不说话。

为什么都不能说，那户被请评理的人家认为，做人难就难在，这个世界不允许你用情太深，但做人又不能太无情。

都是抬头不见低头见的，生怕说错哪一句，讨得个"猪八戒照镜子——里外不是人"。但是，东西两宅要是有什么困难，那户人家倒是二话不说慷慨帮助，认为这样做就可以落得个两头都不得罪。

可是，想讨好两头不得罪人，也是很难的。你帮了东家，西家不高兴了，认为你在背后不知道说了他家多少坏话；你帮了西家，东家也不乐意了，认为你跟他家关系好了，必定会疏远自家。

夹在中间的那户主人感慨地说："活在世界上，做人为什么就这么难呢？做人要吃'三碗面'，一是情面，二是体面，三是场面。这是三碗难吃的面，可是人活在世上，再难吃都要吃。"

是啊！为人处世，是人一辈子要做的学问。

与人相处，最禁忌的是乱说话，尤其是在背后说别人的坏话。

每个人都有自己不同的活法，一个人的生活态度并不是唯一正确的标准。别人怎么活，用不着我们去评价。尤其是在背后说了人的坏话，传到当事人的耳朵里，你再用一千句好话去弥补，也是徒劳的，你们的关系会越处越僵，甚至会反目成仇。

相反，你在背后说别人的好话，当然这是发自内心的，因为这是你根据平时的观察得到的结论。背后表扬人的效果，要大大超过当面说好话。这样去与人相处，关系再差也差不到哪儿去。

许多时候，与人关系处不好，往往是因为看不到对方的长处。

每个人都长有一双眼睛，与人相处，看到别人的优点多还是缺点多，每个人都有自己不同的答案。我认为，还是要多看别人的长处。

多看人长处，自己学到的东西也多。再说，人无完人，每个人都有缺点，如果你总是盯着别人的缺点看，你身上的负能量必然也多，与别人的关系肯定好不了。反过来，我们都从别人身上找优点，多向这些优点学习，原先有些看不惯的人和事，慢慢就变成了与之相处的理由，这样关系会越处越好。

与人相处，锦上添花的事情可以少做一些，多做雪中送炭的事情。

在别人最困难的时候，你去扶他一把，人家会记住你的好。别人不缺的东西，你硬是要塞给他，有时候也许会给人家增添麻烦。在人家最需要你帮忙的时候，又见不到你的人影，这样关系会越处越淡。

当有人生病住院了，正缺帮手；当有人遇到了天灾人祸，没有办法渡过暂时的困难；有的人家庭发生了变故，正缺少一份合适的工作；等等。如果得到你的帮助，而不是口头上的怜悯，帮他做一些实实在在的事情，这样的相处，人与人的距离一定会越走越近，有人会记住你一辈子的好。

一个人得到了别人的帮助，哪怕是关键时候的一句话，甚至是在自己心情最不好的时候，看到你的一个微笑，也会令人心生感激。

有一句老话叫作"在家靠父母，出外靠朋友"。与同事和朋友相处，相互帮衬是最重要的。别人对自己好，一定要懂得感恩。你敬我一尺，我敬你一丈。这样与人相处，无论遇到什么情况，做事都会很顺当。

人的大多痛苦都源于想得太多和要得太多。都说做人难，难做人，一句人生不易，难倒了多少人……

但是，再难，人也要活下去！人活着，就是要不断地解决难题，旧的难题解决了,新的难题又来了。我们没有办法回避,只能不断地解决问题。人生中,一切都有可能发生。因为我们面对的是不确定的未来,没有准备,所以才觉得"做人难"。人活着,必然如此。

我们没有必要被"人难做,做人难,难做人"这句话束缚住了手脚,遇到有些想不通的事情,就多一点委曲求全,有苦往肚子里咽的精神,少一点心里的不平衡,也许做人就没有那么难了。

别留遗憾

我乡下老家的一位邻居老人在今天凌晨去世了,村上的人无不为这位平时幽默风趣的老人离世感到痛惜。

昨天,这位老人还好好的,还和她的生前好友说了很多话,回忆起自己与人友好相处的往事,而今天却一撒手,毅然决然地走了。人是多么脆弱,人生又有多么无奈。

这位老人病逝在自己盖的旧房子里,她为此感到很欣慰。离世前,她对生前好友说,几十年前,自己靠辛辛苦苦的劳作,拉扯大5个子女,又盖起来这间看起来不起眼的房子。如果自己从这座老房子离开,心里还是很安慰的。她说,前一段时间,她把仅有的一点积蓄,都分配给了子女,包括给自己做法事的钱、殡葬的钱,都早早地留好了,她觉得死而无憾。

这位老人似乎没有离世,她在安稳地睡觉。转过来一想,她是不是带着享受生活的美好心情,去了另一个世界。

像这样慈祥的老人,在我们乡下老家举不胜举。我乡村老家民风淳朴,是与老一代人的宽容和理解的心态分不开的。老人们总是把难处藏在别人找不到的地方,每当见到自己的子女时,往往堆起满脸的笑容。

生活,就是一种体谅,一种理解。懂得体谅,懂得理解,懂得宽容,日子就会温馨,人生也会安宁。

老人能体谅和理解子女,而有些子女却视而不见,甚至认为,生活就是应该这样的。也有些人家,子女多,照顾老人斤斤计较。老人离世了,为了财产,兄弟姐妹闹得不可开交,互不理解,互不相让,伤了彼此的心。迷茫的眼睛,看不到云卷云舒；迷茫的心境，找不到百花争妍的美景。

　　人生短暂，再多的物质财富也没有什么用。生不带来，死不带去。我们只有以平常心对待生活，生活才无处不是坦途。人生苦短，何必自怨自艾。活着就是幸福，给自己一个微笑，给自己一点信心，给自己一份淡然的心境，给自己一种宁静的气场，荣辱皆忘。有一个自由的心态，一份喜欢的工作，一个健康的身体，比什么都好，都管用。

　　每个人总会有一天要离开这个世界的，离开世界并不可怕，可怕的是自己带着遗憾离开这个世界。

　　这位老人，她虽然是一个普普通通的农民，一辈子也没有做过什么惊天动地的事，看起来很平常。她活着的时候就一个朴素的想法，自己老了，不要拖累子女，不要成为子女的负担。哪怕是自己死了，做法事的钱，殡葬的钱，也要靠自己的积累。这是她唯一的梦想，她真的做到了。

　　这位老人是看着我们从小长大的。她幽默风趣，我们小时候，经常听她说笑话，她从不做对不起良心的事。她虽然也爱说闲话，但从来不说挑拨离间、搬弄是非的话。她很喜欢说说笑笑，不让自己活得太严肃。所以，周围的人也很亲近她。她的生活里，没有多少烦恼、痛苦、伤心、气愤。她，无忧无虑很任性地离开，更是无怨无悔地辞世。

　　这位老人虽然没有读过书，但也算是一位智慧老人。她能早早规划自己的生前身后事，让自己坦然地接受生老病死，也能提醒自己好好享受人生。在病倒的时候，趁着自己清醒，她回顾自己一生，无怨无悔。

　　这是一种很高的人生境界。

　　人在走不动路、听不懂话的时候，才发现还有很多事情没做，确实为时已晚。年轻的时候总是没有感觉，有感觉的时候就已经不再年轻。何必不趁着年轻，多想想自己，学做自己，让自己少走弯路，少留遗憾。

雪 后

昨天晚上，我刚刚下载了一款天气预报软件，看了近几日的天气预报，并没有看到有雨雪天气的信息。

今天，我起床后拉开窗帘，眼前的一幕，似乎瞒过了整个世界——大雪悄悄地来到了这里。乡下老家房屋披上了洁白素装，小花圃里的各种枝丫变成了银条。大雪把枝条打扮得好似美丽的珊瑚，又似奇异的鹿角。麦地盖上了厚厚的棉被子。不管是大树上，屋顶上，还是菜地里，都穿上了一件精美洁白的羽绒服。

放眼望去，整个世界银装素裹，就像是粉妆玉砌一样。白雪茫茫，无边无际，整个大地变成玉琢银雕的世界。

我一动不动地站在窗前，凝视着大地，没有感觉到寒冷。

但当我一走出屋，又感觉到好冷，好冷。此时雪停了，雪景虽然很美，因为时间还早，还没有人出来赏雪。我独自站到了披着白纱的小花圃里，突然又感觉到有些孤独。我是不是又站到了一个被世界遗弃的角落，但我不是一个被全世界抛弃的人。

我眼前那青松针叶上，凝着厚厚的白霜，似是一树树洁白秋菊；那落叶乔木枝条上裹着雪，宛如一株株白玉雕树；高高矮矮，胖胖瘦瘦的各种树木由于雪的点缀，变得千姿百态、扑朔迷离，让人恍惚置身于童话世界中。

瑞雪兆丰年。大年初四下雪，应该是一个好兆头。我静静地看着那绵绵白雪装饰的世界，琼枝玉叶，粉妆玉砌，皓然一色，真是一派瑞雪丰年的喜人景象。这不仅是父老乡亲的期盼，也让我的心里有了安详幸福的感觉。

几个小时过去了。虽然说雪后有点冷，但此刻空气非常清新，没有一丝尘土的味道。

雪，开始慢慢地融化，麦苗悄悄地伸出了幼嫩的头，红叶石楠上的雪球又渐渐地泛出了绿色，青菜和大蒜伸出了小手。前排邻居家琉璃瓦的屋顶完全露出了本色，只有我小姑家那红洋瓦的屋顶仍被白纱覆盖。

变化如此之快，难道是可爱的白雪要跟我们说再见了吗？

此时，人们的心情似乎又变得复杂起来。因为还有太多的不舍，还没有欣赏够这纯净的世界，也不知道这样的美景何时才能再有。

有的味道可以慢慢地品尝，可是，雪的味道消失了就抓不到；有些影子会稍纵即逝，但雪的影子久久停滞在眼前，想抹也抹不掉。

对北方来说，下雪是家常便饭。可是，对没怎么见过雪的南方人来说，可真正稀罕。

人是感情动物，总想把雪的温柔留在心中。当然，更想留住的是洁白无暇的美好。一位网友说得好，雪是浪漫的，也是残忍的。任何情绪在茫茫的纯白中无处藏身，一滴血红在雪地里那样扎眼，毫不暧昧缠绵，只是干脆利落地逼着我向那看去。

我也知道，可爱的白雪，是留不住的。你再想挽留也是徒劳的。当然，我们也都不必太过在意。奥地利诗人里尔克说："不安地游荡，当着落叶纷飞。"

我们太需要踏实地走在雪后的大地上，呼吸着真实开阔的气息，把自己所有的感官都打开，包括心，无所保留。带着深深浅浅的情感继续前进，欣赏身边的一草一木，想一想未来的美好。

保持真诚的勇气

我乡下亲戚家的一个孩子犯了错误,他自己的父母不愿意去说,让一个远房的亲戚拐着弯跟孩子去说。

为什么要拐这么大一个弯呢?这件事在我脑子里思考了许久。

现在的人越来越怕得罪人,连父母对孩子也是这样啊!更别说社会上人与人之间的相处了。明明知道别人有错,谁也不愿意当面指出来,指出来就会得罪人。

我有一个朋友,他对人很真诚。比如,有些事情我做得不够到位,他会当面一针见血地提出批评。我不但不会反感,反而觉得这是一种真诚。这种人才是有分寸、有原则的人,也是我最好的朋友。所以,从他嘴里说出来的话,我相信是真的。

他的话虽然有些糙,好像一时也难以入耳,有时甚至用冰冷的面孔对着你;但是,他有一种不怕得罪人的正直和真诚,在某个关键时刻,会不惜一切地保护你。

保持正直和真诚,不是每个人都能做到的,是需要有勇气的。给别人说几句廉价的好话很容易,但保持诚实的立场,这时常是冒险的。但不管怎么样,人与人之间能否真诚相助,是否正直和诚实才是第一位的。

要正直地与人相处,就不要想入非非,要诚实地与人相处,就应该敞开心扉。只要自己是心底无私的,哪怕一时得罪了他,经过时间的检验,总有一天,他也会体会到你的真诚和友好,因为发自内心的真诚才是长久相处的基础。

检验一个人有没有善心，就看他对别人有没有真诚。有勇气的人，才会敢于求真。我们的精神家园，靠的就是真诚，靠的就是与正直的心灵为伴。

戚继光说："正直无私，扬眉吐气，我不怕人，人皆敬我，就是天堂快乐之境，此为将之根本。"

其实，自己说真话，也不完全是一件痛苦的事情。有时候因为说了真话，虽然当时有人不理解，但事后验证自己的话是对的。尽管别人也不领情，但自己心里也会有一种说不出的愉快。我亲身经历了好几起这样的事情，所以才会有这样的体会。

现在，人变得越来越世故了，说真话的人少了，因为少了更显得珍贵。说真话吃亏的事情常有发生，这种事情我也经历过无数次。现在，人们似乎忘记了真实是人生的命脉，是一切价值的根基。

高尔基曾经说过，有一种真话是人所需要的，它以羞耻的火焰烧掉人心头的污秽和欲望，这就是真话万岁！

一个人的正直和诚实，有时候也不完全是吃亏，相反，是独具魅力。有时，某种粗率羞涩或者失言，也具有魅力，因为这是发自心灵的，诚实无饰的，这种人的独特，反而会赢得别人的信任。有的人宁可跟这样的人相处，也不要跟那些精于算计的人相伴。

正直和诚实，是需要有勇气的。有了这种勇气，就会用自己的魅力去吸引人。当今世界的所有恶劣品质中，虚伪是最危险的。在这个世界上，最值钱的就是人的真诚。

有了敢于正直和诚实的勇气，我们就会承认自己的缺点，我们也能用自己的真诚来弥补自己的缺点，并能改变别人对自己的认识。

坦白最容易博取别人的理解，诚实的人是既不怕光明，也不怕黑暗的。

简单的快乐

现在，许多上班族成天在喊，活得太累了；而乡下种地的农人流了那么多的血与汗，喊累的人却很少。

为什么活得那么累，我想，很多的累也许是自己的烦恼造成的。

有的人嘴上喊简单一点，他只是希望别人简单一点，自己却简单不下来。

当大家越来越浮躁，攀比的现象越来越多，压力越来越大时，一些人往往找不到更加简单的生活方式，找不到自己真正的需要，而许多事情又都是做给别人看的，无法完全清楚自己需要什么，自己不需要什么。

有的人口头上说，自己的生活很简单。其实，一点也不简单，因为无法超越世俗的桎梏，达到善待自己的轻松状态。

过往云烟，缘分里多少的来来回回，多少的断断续续，这些生活的片段，许多也不是别人的强求，而是自己有太多的不舍。

过不完的明天，理还乱的今天，不舍得放弃在走远的昨天，自己承受的东西太多了，渴望自己简单，可就是简单不起来；希望自己简单地走，可是没有走多远又回来了；希望自己过简单的生活，可还是被那些舞弄人生的聪明、神神秘秘的东西遮住了眼睛，看不透，也摸不着；希望自己不要活得太累，要活得舒心，活得快乐，而自己又在不经意中演戏，用太多的脂粉去涂抹自己，戴上面具，过着虚假人生。

劝人的话谁都会说，什么挣多挣少要心地坦然，官大官小需人生豪迈，可轮到自己，本来是朴素、自然的东西，也变得复杂起来，没法让自己笑看红尘悲喜事，昂首人生风雨路。

梭罗远离尘嚣，他想在自然的安谧中寻找一种本真的生存状态，寻求一种更诗意的生活。

《瓦尔登湖》一书，详细地记录了他在长达两年时间里的日常生活状态以及所思所想，他在小木屋旁开荒种地，春种秋收，自给自足。他是一个自然之子，他崇尚自然，与自然交朋友，与湖水、森林和飞鸟对话，在林中观察动物和植物，在船上吹笛，在湖边钓鱼，晚上，在小木屋中记下自己的观察和思考。他追求精神生活，关注灵魂的成长，他骄傲地宣称："每个人都是自己王国的国王，与这个王国相比，沙皇帝国也不过是一个卑微小国，犹如冰天雪地中的小雪团。"

梭罗以他的实际行动告诉我们：人们所追求的大部分奢侈品，大部分所谓生活的舒适，非但没有必要，而且对人类进步大有妨碍。

所以，人生如要无遗憾，就得坦荡，生活要想不烦恼，就得简单。坦坦荡荡过生活，简简单单走人生，才是人生最好的生活状态。

把自己的心态放平，把人间的事情看轻，才会活得舒坦，活得快乐。不去贪婪，不去攀比，简单的生活，活得安静，过得开心，也是对自己的宽容。世界那么大，生活那么忙。国庆长假快到了，结束了一段繁忙的工作，人们多么希望放松一下自己，过上简单而纯粹的生活。

可是平时，人们总是花太多的时间在"索取"和"追求"上面。如果能把注意力转移到其他的方面，也许能够让自己的生活轻松一些。因为追求得太多，常常会让自己身心俱疲。

要想过简单的生活，先要搞清楚自己究竟需要什么。父母的唠叨，领导的批评，同事的指责，会引起自己的不安，但这不是生活中的困扰。自己生活和工作中遇到了困难，不要过多地去想别人对自己怎么样，而是要寻找解决问题的办法。办法多了，烦恼就少了，生活也会简单起来。

有些事本来跟你没有关系，而这个世界上偏偏有些人老是缠住你、黏着你。人际关系根本不该是我们的烦恼。遇到了，我们只能保持冷静的头脑，然后大步离开。我们没有必要把自己的生活和其他人捆绑在一起。

当我们对某个人、某个地方、某件东西产生依赖感的时候，自己的快乐或悲伤都被替代了。千万不要让别人的行为或者别人的思想控制了自己的大脑。世界太大了，我管不了那么多，活在自己简单的生活里就行。

在自己的生活里，期待少一些，也会让自己的生活变得简单。不要期待别人会主动帮自己，如果他们主动帮自己，我们一定要心存感激。但如果别人不想帮或者力所不能及，那也不要过于纠结。他们并没有义务去帮自己，最简单的道理就是自己可以帮自己。自己的事自己去做，就省去了许多麻烦，有时生活也会变得简单起来。

每个人的生活中都有很多的积累，尤其是人际关系的积累。积累多了，也会让自己承受许多复杂的人情，必要时也可以缓存或清除，让自己活得简单一些。

有些事情，也许别人没有那么复杂的想法，而是自己过于敏感，进行了过度的分析，让事情变得复杂起来。我们可以把真实的想法告诉对方，也可以让生活变得简单。

我们生活的遥控器是拿在自己手上的，自己想简单地活着，就不会有复杂事物的干扰。自己坦坦荡荡不去作秀，烦恼就少，便可以安心地过上简单生活。

人生本来并不复杂，要说复杂，也是人为的复杂。

多一份坦荡，多一点宽容，就会少一点复杂，少一点苦恼和悲伤。一份美好的意念，能代替一切苦恼，获得一份坦荡的人生，会让生活变得简单。简单的生活，会多了理解，多了珍重，心中也少了阴影和嫉妒，把得失看淡，不去计较，不怕风雨，不怕暴风雪来袭，就会让自己的心变得晶莹和透明起来，找到属于自己的幸福。

尊重的魅力

昨天，村里有乡亲说起一件别人不尊重他，令他非常生气的事。

什么是尊重？尊重，就是尊敬和重视。没有平等相待的心态做人处事，确实令人生厌。其实，那些不尊重别人的人也没有赚到什么，相反输掉了和谐和快乐。

在现实生活中，有的人常常有意无意地做出不尊重他人的行为。

比如，有的人认为朋友之间关系好了，就自认为是不尊重对方意见；与人交谈时，只顾自己侃侃而谈，不给对方说话的机会；有的人明明约好了时间，却是十次有八次迟到；在听别人倾吐心事时，一只耳朵进，一只耳朵出，不停地翻手机，心不在焉；对诚恳批评自己的人耿耿于怀，常常做出不文明或者不符合身份的举动，让对方感到难堪；同样一次聚会，因为身份的不同，表面上客客气气，但从心底里看不起比他地位低的人。这些都是不尊重他人的表现。

他们不懂得"尊重别人，其实就是尊重自己"的基本道理。"别人尊重自己，是因为别人很优秀"这句话，我们也不是一开始就能理解的。一般来说，总误认为别人尊重自己，是因为自己在哪一点上强于别人。而事实不是这样，因为优秀的人更懂得尊重别人。

美国著名诗人惠特曼曾说："对人不尊敬，首先就是对自己的不尊敬。"

尊重的魅力无限。

有网友是这样解释尊重的：尊重领导是一种天职，尊重同事是一种本分，尊重下属是一种美德，尊重客户是一种常识，尊重对手是一种大度，尊重所有人是一种教养。你从内心尊重别人，别人也会加倍地尊重你。

每个人都是渴望得到别人尊重的。

英国有一个小故事，名字叫《女王与妻子》。一次，女王维多利亚忙于接见王公，却把她的丈夫阿尔倍托冷落在一边。丈夫很生气，就悄悄回到卧室。不久有人敲门，丈夫问："谁？"回答："我是女王。"门没有开，女王又敲门。房内又问："谁？"女王和气地说："维多利亚！"可是门依然紧闭。女王气极，想想还是要回去，于是再敲门，并温婉地回答："你的妻子。"丈夫边笑边打开了房门。

故事告诉我们：人心都一样，只要你平等待人，别人才会尊重你，无论你是谁。

尊重别人，也不只是社交场合的礼貌，而是来自内心深处对另一个生命深切的理解、关爱、体谅与敬重。

英国小说家、剧作家约翰·高尔斯华馁说，人受到震动有种种不同：有的是在脊椎骨上，有的是在神经上，有的是在道德感受上，而最强烈的、最持久的则是在个人尊严上。

可见，尊重别人有多么的重要。不尊重别人，给人的感受是刻骨铭心的。有些事情虽然不大，但会让人记住一辈子。懂得平等待人，才是最伟大、最正直的品质。

尊重别人有三种境界：尊重亲人，尊重路人，尊重敌人。

做到第一种境界就很不容易，做到第二种、第三种境界就更不容易。但我们起码要懂得，无论人和人之间，或是行业与行业之间，都没有高低贵贱之分，都是平等的，都是值得尊重的，不要轻易看不起和低估任何人。

儿时，我的父辈总是教导我，我们虽然家境贫寒，但是，千万不要看不起穷人，这是最让人瞧不起的。

确实是这样，尊重别人不能看人行事。一个真正懂得尊重别人的人，不仅仅会尊重自己的上司和父母，更会懂得尊重自己的下属和身边的每一个人。

　　尊重别人，应该人人平等，不受任何身份地位的影响，是一种最纯粹、最质朴的尊重，应该没有任何功利的色彩。

熬出的成功

昨天，与一位几十年前的熟人见面。

我问他："你现在情况怎么样？"他说："我不是在过日子，而是在熬日子。"我听了心里也是酸酸的。熬日子是不好过的，我也说了许多劝解的话。

其实，每个人活着，都会经历一个熬的过程，我也感同身受。有人说，自己这样苦苦地熬着，什么时候是个头啊！

真正愿意熬的人会说，苦熬苦是苦，但苦里有奔头。吃苦才能不吃亏，不吃苦必然要吃亏。勤劳是人生的不动产，苦累是一所大学校。

人才都是熬出来的，本事都是逼出来的。

在浮躁的社会里，真正苦熬的人，都是心静者，而心静者往往最终能胜出。他们能自觉与枯燥和寂寞相伴，心平气和、淡泊名利，特别是在看到单位里有人出了风头的时候，在看到有的人追名得名、逐利得利的时候，能把持住自己，甘于寂寞，埋头苦干，牢牢地坚守自己的岗位，接受不能改变的一切，改变可以改变的一切。

好的人生，都是从苦里熬出来的。

没有一份工作是不辛苦的。既然是自己选择了这份工作，就不要这山望着那山高。这个世界上没有那么多的喜欢，人来到这个世界本身就是受苦的。过日子就是这样，一边是日复一日的重复生活，一边是不知道明天会发生什么。人生朝前过，有时候就得苦熬。

在认清了生活真相之后，依然热爱生活。在疲惫的生活里，不忘初心，笑对困难，才是正确的态度。不要两句话不对头，就提出辞职。村里有个青年辞职了无数次,还是找不到自己喜爱的工作,也不知道他这辈子能不能找到一份自己真心喜欢的工作。

而有的人本来并不喜欢这份工作,但熬着熬着,慢慢地也喜欢上了,而且干得越来越成功。

人活着,总得干点什么。喜不喜欢,都得干。因为工作从来就不是用来享受的。工作就是自己安身立命的资本,是实现自我价值的平台,是让自己有钱吃饭、抚养孩子、孝敬老人,是让自己半夜醒来不害怕。为了这些,自己必须得熬。

好的人生,都是从苦里熬出来的。熬过了必须经历的苦,才能过上喜欢的生活。

我们不能只看到别人幸福的一面,只看到成功人士光鲜的一面,我们更要看到他们苦熬的一面。他们在冗长得看不到头的枯燥、烦闷、迷茫、压力、疲惫里,不灰心,不懈怠,坚忍地往前走,才能走到今天这一步。

当然,熬,也不是苦行僧般活着,而是要直面问题,再大的问题也要把它解决掉,不能开始有信心,遇困难就退却,半途而废地做事,最终没有熬过去。一时半会儿坚持一下,大家都能做到。熬10年、20年就不是那么容易了。但成功往往是在"再坚持一下的努力之中"。

趴着是熬,蹲着是熬,跪着也是熬。这些熬是刻骨铭心的。在顺风顺水的日子里,就没有特别曲折和伤感的故事。熬的日子是常人体会不到的。我们这些贫二代,就有说不完的苦熬的故事,有写不完的人生感悟。

真正的成功是熬出来的。能坚持熬到底的人都不是一般人。一般人承受不了的委屈,你能承受;一般人承受不了的压力,你能依靠自己的肩膀扛下来,就有可能会熬到成功。能取得多大的成功,关键是能够熬着挺着坚持多长时间。克服一般的困难不需要用熬,最难的不是别人的拒绝与不理解,而是自己愿意不愿意为梦想而做出改变。

生活总是现实的,有人用悬崖来自尽,也有人用悬崖来蹦极,区别就在于自己承受得了何种委屈,这决定着自己能成为一个什么样的人。

我体会到，熬，是一段痛苦又需要忍耐的过程。在这段熬的日子，看起来很苦涩、很窘迫，实际上对自己来说，也可以利用它倒逼自己，更加发奋学习，不断充电进取，也许坏事能变成好事。

　　熬，是自己对命运的抗争和掌控。能不能掌控自己的命运，就看自己的人生态度。熬，是生命最好的磨石。沉得下心，耐得住寂寞，不轻言放弃，这样坚持下来，即使没有做成什么大事业，自己也有良多收获，甚至是柳暗花明。我们这些平凡人，虽然不一定成为赢家，但自己真心付出了，也算是没有白来这世界一趟。

　　熬吧，熬过去了，也许就能成功！

潜 力

我小时候比较瘦，身上挑50多斤的担子就觉得受不了了。有一次，邻居让我帮忙给他挑一下担子，我吭哧吭哧挑回他家，问他这有多重？邻居说我挑了100斤的担子。哇，原来我可以挑动那么重的担子呢！

人的潜力到底有多大？这个问题，恐怕连我们自己都不清楚。

如果你给一个人100百斤砖头，他说搬不动。但是，他也许能把100斤钞票搬回家。这说明人的潜力是巨大的，只是没有爆发出来而已。

不要给自己的人生设限，你自以为的极限，可能只是别人的起点。倒逼自己一下，也许会突破瓶颈，实现自我超越。

这世上没有所谓的天才，也没有不劳而获的回报，你所看到的每个光鲜人物，其背后都付出了令人震惊的努力。

有一名妇女趁幼儿熟睡之际，外出购物。返家途中，她在巷口与人闲聊，这时幼儿醒来寻找母亲，就爬上阳台呼叫，不幸小孩一失足从阳台上坠落下来。但说时迟那时快，其母飞奔至楼下，奇迹般接住了自己的孩子。

按道理说，3岁幼儿体重约15公斤，从5楼坠下，在重力加速度的作用下，在将近到达地面时的速度非常快，年近30的妇女竟能在这么短的时间内赶到。后来，新闻界还专门请来赛跑运动员做了一个模拟实验，结果都无法及时赶到出事地点。

一个弱女子在奋不顾身的情况下，其运动的技能居然能远远超过训练有素的运动员。

人们只是想到不可思议，而没有去想自己的潜能有多大，只有不断挑战自己，才能在有限的空间中发挥最大的潜力。

某著名电影导演说："人的潜力是无限的，一个人就像橡皮筋一样，需要不断地拉，在这个过程中挑战自己的极限，不断扩展自己的能力。"

一次，我在浙江湖州的南太湖观看了一场国际极限运动会，看到了许多人令人难以置信的潜力，深受启发。

人活着，就要不断测试自己的潜力，挖掘自己的潜力，体会自己的聪明才智和力量，然后去践行，就会得到意想不到的生活。

每个人都是一座巨大的矿藏，只要开发，才能发现自己的潜力。也只有开发，自己的才能才会显现出来。自己尝试去做，成功了，有时连自己都很难相信，难道这真是自己做的？

村里有两个孩子一起去上大学，有一个孩子爸妈每个月给他2000元生活费，这孩子总是喊着不够用。另一个孩子，大学4年，从来没有向家里要过一分钱生活费，全部是靠课余时间自己勤工俭学，做家教挣来的。

人的潜力总是被逼出来的。你不逼自己，你永远不知道自己身上有多大的能量。

怨天尤人、整天为自己怯懦懈怠找借口的人，无法挖掘自己的潜力。接纳现实，不为现实所困，全力以赴去改变自己可以改变的，争取一个无憾的结局，才能看到自己的潜力。井无压力不出油，人无压力轻飘飘。有压力，未必是坏事。潜力总是在压力下激发出来的。

人生就是走在一条不平坦的路上，在前进的过程中，不要左顾右盼，不要前怕狼后怕虎。只有勇敢地朝前走了，才会发现有意外的路可走，也许会发现一条更好的路。相信自己，潜力无限。努力到无能为力，拼搏到感动自己。

人的最大障碍是思维障碍

这些天，我一个亲戚家的孩子特别兴奋。因为他们单位要上一套人工智能系统，他怀着好奇的心努力学习操作方法，虽然原来没有基础，但他不懂就问，不耻下问，很快就掌握了一些操作的技巧。

而有的人却认为，他这是自找麻烦，原来几十年就是这么活过来的，为什么要费钱费力干这种事，有的人怎么也想不通，这是出现了思维障碍。

大数据、云计算、人工智能、区块链、5G技术，这是时代的趋势。我们可以跟别的什么过不去，但不能跟趋势过不去。人的思维必须跟上时代的步伐，否则就会被时代所淘汰。

一位哲人说，缺钱并不是问题，缺乏想法才是真正的问题。

有些思维障碍往往来自知识的贫乏。有人觉得自己干专业几十年了，自己所掌握的知识很丰富。其实，人不光要有本专业的知识，还要有历史的、政治的、文学的、自然的以及更多跨专业的知识。知识源于生活，不仅仅是书本知识，还有很多是生活当中的。有很多知识是实用性的，但它们不一定能在书本上学到。

有的人很迷信书本，迷信权威，不尊重事实，不重视实践，因而对周围的事物不敏感，也没有办法转变自己的思维。

也有一些成功人士，总认为过去所做的事情已经证明是正确的，所以自己越成功，就越相信自己的经验，固执与偏见让自己无法转变思维。

思维最大的敌人，是习惯性思维。世界观、生活环境和知识背景都会影响到自己对事、对物的态度和思维方式，不过，最重要的影响因素是过去的经验。生活中有很多经验，它们会时刻影响我们的思维。

在生活中，我们必然会遇到各种各样的问题，但几乎没有人会喜欢问题。所以，在解决问题时，人们自然倾向于择取跃入脑海的第一个解决办法，并按照这个办法行动。这样去做，要么逃避掉了棘手的问题，要么就会遇上更糟的问题。

从众多的想法或概念中，转变自己的思维，选择最有用的办法去解决问题，才是最佳的途径。可是做到这一点，却不那么容易。

每个人的思维角度和逻辑不一样，得出的结论也不一样。

有的问题明明很简单，而有些人看来就很复杂；有些事物本来是有逻辑的，如果思维混乱，就分不清黑白了；有些事情本来是没有差别的，但如果按照自己的意志去幻想，得出的结论差别就很大；有些事情也不是惊天动地的事，只要去改变自己的思维就行，但因为自己的思维转变不了，做一些简单的事情，比登天还难。明明是自己错了，还往往认为世界错了；明明是自己和别人做同一个目标的事，因为自己的脑子里形成习惯思维，明明是圆的，偏要按自己的理解说是方的。自己逆转不了思维，还喜欢抬杠，让自己活成了笑话。

人的思维是可以转变的，是能够打通思维障碍，推倒思维边界的。有些智慧沉睡在自己的脑中，只是你没有发觉它、唤醒它，不想去折腾，不想去思考。

发现自己的知识、经验欠缺，承认自己的思维片面，以辩证的思维思考，稳定自己的情绪，才会寻找到正确的答案。

我们作为一个平凡人，不要背上自己的卑微的包袱，不要因为生存的环境给自己的思维设限，我们虽然平凡，但思维并不贫乏，也可以平等地、不受限制地去思考问题。

自己的思维方式转化不了，实际上，就是自己情绪的转化发生了问题，是把情绪化的对抗曲解为思考本身。我们可以放弃对抗，克制情绪。克制自我认知中的情绪，调整心态，从而转变自己的思维方式，与真正的自己相遇。

沉稳，是一种自胜之力

小时候，我听到父辈教育自己最多的一句话就是，你不要不耐烦。他说的就是，做事要沉稳。

缺少沉稳且时常感到不耐烦的人，是难以成才的。

原厦门大学校长王亚南小时候便胸有大志，酷爱读书。他在读中学时，为了争取有更多的时间读书，特意把自己睡的木板床的一条腿锯短半尺，使之成为三脚床。他每天读书到深夜，疲劳时上床去睡一觉，迷糊中一翻身，床向短脚方向一倾斜，他就惊醒过来，便立刻下床，伏案夜读。天天如此，从未间断。结果他年年都取得优异的成绩，被誉为班内的"三杰"之一。他由于少年时勤奋刻苦读书，后来，终于成为我国杰出的经济学家。

当今社会是一个快节奏的社会，生活中似乎一切都是为了赶时间。能用特快专递的，不会去寄平信；能坐飞机的，不会去坐绿皮火车。做事不拖拉，讲究效率，这是对的。但我们需要对快慢、张弛、紧疏、得失、成败、忙闲的人生之道有一个正确的理解，学会有条不紊地做事。

人们总在担心，如果这个机会不抓住，就被社会抛离了；如果自己现在乖乖排队，那么就一定会有人插你的队。所以，自己无法不急躁，总感觉到急躁似乎是社会的问题，而不是自己的问题。

我也是一个急躁的人，总觉得急躁做事才是有效率。其实，这是错误的。

沉稳的人，每当遇到大事都会有一种静气，稳住阵脚心不慌；沉稳的人，能够掌控自己的杂念妄想，消除烦恼，保持温和平静。沉稳的人，能够包容人事物境的纷扰，不怕繁难，不惧干扰，锲而不舍，坚韧不拔；沉稳的人，就不会心急如焚，莽撞行事，不会使事态的发展更混乱，能够控制住局面。

牛顿认为，耐心和恒心总会得到报酬的。爱迪生也认为，做事要有耐心，不要依靠灵感。事业的成功在于坚忍，毁于急躁。耐心和持久胜过激烈和狂热。

所以，任何人做任何事都要沉稳。沉稳就是自胜之力，就是人的忍耐力，是人能够克服困难、承受打击的基本素质。

自律，可以心想事成

春节里，人们相互祝福的语言一套一套的，其中有一句话常用来互相祝福的叫作：心想事成，万事如意！

心想事成，是一种美好的祝愿。真正做到可不容易。什么办法可以帮你做到，那就是坚持自律。

大部分人都是愿意自律的。自律能让人一天天改变，变成一种深入骨髓的习惯。人有了好习惯，就会更快地成长和走向成熟。

但是，人往往喜欢去改变别人，却不太喜欢改变自己。一些人总把自己的不成功，归结为自己的命运不好。这是他们没有把习惯太当回事，一说到命运，就会下意识地正襟危坐、神色凝重、思虑重重。

命运，对一个人来说，有时候是很重要，但我们可以改变自己的命运。一点点的行动会养成习惯，习惯决定性格，性格也会决定命运。

优秀的人都是自律，而不是在那里碰运气。深到骨子里的自律，是成功的因素之一。

今年春晚有个小品，里面最多的一个热词，叫作狂躁，太狂躁！这个时代确实有些狂躁。人狂躁了就很难做到自律，也难以心想事成。人只有在心静的情况下，才能加快推进自己实现目标。

一个狂躁和没有自律的人，往往会自我迷失，不知道自己真正想要什么。当一个人不知道自己真正想要什么的时候，只能说明一件事情，就是他还不够了解自己和相信自己。

自己都不相信自己，怎能让自己自律？一个人因为没有自律的信心，所以也无法重塑自己；因为不敢梦想，所以就不能在自己的心灵深处创造出一个属于自己的世界！

自律的前期是兴奋的，中期是痛苦的，后期是享受的。

自律能够带给自己发自内心的平静和享受。这种真实的享受在自律之前，是无法体会到的。

真正让自己变好的选择，都不会太舒服。对自己狠一点，未来的你，会感谢现在的自己。自律帮助你应对当前的问题，让你在愉悦中实现自己的愿望，所以，自律是一种心想事成的能力。

学会适当地弯腰

昨天，我和老家的朋友闲聊，谈起一件事：有一个人侮辱了一位在当地有一定社会地位的人，事情闹到不可开交的地步，最后侮辱人的当事人请人出面打招呼，他也承认自己错了，愿意当面道歉，并赔偿精神损失，可是无济于事。

被侮辱的人认为，这件事一定要闹到底，否则，自己就没面子。不闹到底，难以发泄心里的委屈，这口气怎么也咽不下去。

其实，人活着，面子很重要，但学会适当弯腰，也很重要。

和别人发生意见上的分歧，甚至造成言语上的冲突，这时候，谁都会生气，这是可以理解的。

但也不是没有解决的办法。有人说，如果这时候自己回家，把这件事放一放，静下心来擦地板，会让心情好很多。拿一块抹布，弯下腰，双膝着地，把你面前这块地板的每个角落来回擦拭干净。然后重新审视自己在那场冲突里所说过的每一句话，这时候会想到很多，不仅想到对方的错，也会想到自己的不对，会渐渐变得心平气和，也许能找到好的解决办法。所以，除了原则问题，学会适当地弯一下腰，也会有意想不到的收获。

很久以前，一位挪威青年男子漂洋过海到了法国，他要报考著名的巴黎音乐学院。

考试的时候，尽管他竭力将自己的水平发挥到最佳状态，但主考官还是没录取他。

身无分文的青年男子来到学院外不远处一条繁华的街道，勒紧裤带在一棵树下拉响了手中的琴。

他拉了一曲又一曲，吸引了无数人驻足聆听。

饥饿的青年男子最终捧起自己的琴盒，围观的人们纷纷掏出钱来，放在了琴盒里。

一个无赖鄙夷地将钱扔在青年男子的脚下。青年男子看了看无赖，弯下腰拾起地上的钱，递给无赖说："先生，您的钱掉在了地上。"

无赖接过钱，重新扔在青年男子的脚下，傲慢地说："这钱已经是你的了，你必须收下！"

青年男子再次看了看无赖，深深地对他鞠了个躬说："先生，谢谢您的资助！刚才您掉了钱，我弯腰为您捡起。现在我的钱掉在了地上，麻烦您也为我捡起！"

无赖被青年出乎意料的举动震撼了，最终，无赖捡起地上的钱放入青年男子的琴盒，然后灰溜溜地走了。

围观的人群中有双眼睛一直默默关注着青年男子，他就是刚才的那位主考官。他将青年男子带回学院，最终录取了他。

这个青年男子叫比尔·撒丁，后来成为挪威小有名气的音乐家，他的代表作是《挺起你的胸膛》。

人学会弯腰不是坏事，有的时候，弯下的是腰，但拾起来的，却是你无价的尊严。

弯腰，动作很简单，连小孩子都会做，但在我们的生活中却有很多成年人不会，他们或是懒惰，或是孤傲，或是只顾抬头看天上的风景，而干脆忘记了。于是，往往就失去了许多难得抬头的机会。

孔子带弟子子路周游列国时，途中发现一块破烂的马蹄铁，就让子路捡起来，子路懒得弯腰，便假装没听见。

孔子见状并没有说什么，自己弯腰捡起了马蹄铁，用它在铁匠那儿换来3文钱，又用这钱买了十七八颗樱桃。

出了城，二人继续前行，经过的都是茫茫荒野，坐在牛背上的孔子猜到子路渴得厉害,就把藏在袖子里的樱桃悄悄地掉出一颗,子路一见,赶紧捡起来吃。

孔子边走边丢,子路也狼狈地弯了十七八次腰。

最后,孔子笑着对子路说:要是你刚才弯一次腰,后来就不会没完没了地弯腰了。当下低头弯腰,是为了以后挺胸抬头。

无论你从事什么职业,无论你的社会地位高低,人学会弯腰不会错。有时候,你不会弯腰或疏于弯腰,也许会犯糊涂,即使你一时赢了对方,也许会损失更多;不要认为弯腰是羞耻的事,其实是人生的智慧。弯腰的确会有点累,但是,该弯腰的时候,千万不要偷懒;该努力的年纪,千万不要虚度。

等等自己

在乡下生活的人，往往忘了今天是星期几。可城市中的上班族就不一样了。今天是周五，许多年轻人还要匆匆忙忙去上班。我乡下的一位亲戚早上6点就起床了，开始了战斗般的早晨，急急忙忙去县城上班了。

有的人一路小跑，有的人嫌自动扶梯太慢，干脆快步冲上去。现在人的生活节奏太快了，想慢也慢不下来。

快节奏的工作，本身没有什么错，只是生活所迫。

但是，我们要适时地调整自己，不要让自己的身体走得太快，而把灵魂甩得太远。

一位哲人说过这样一句话：一个没有灵魂的躯体是一个精美的皮囊，一个没装知识的大脑是一个精致的摆设。可见，有个高贵的灵魂是多么重要。

在墨西哥，有一个学者要到高山顶上印加人的城市去，他们雇了一群印加挑夫运送行李。

在行进的过程中，这群挑夫突然坐下来不走了，学者非常着急，可不管怎么催促他们也没有效果，并且一坐就是几个小时。

后来，挑夫的领头才说出他们不走的理由。因为他们觉得，人要是走得太快了，就会把灵魂丢在了后面。

领头说："每当我们急行3天后，就一定要停下来，等等灵魂。"

人走得太快，没有适当的停歇，也许真的会丢了自己的灵魂。丢失了灵魂，就等于丢失了自我。

在充满诱惑、有太多陷阱的今天，我们往往会迷失自己，忘了自己为什么要做这件事，为什么要与别人去抢、去争，为什么还要去昧着良心做一些事情，明明自己很讨厌尔虞我诈，却也视而不见，甚至当作一种习惯，与亲友相处也是唯利是图。这些都说明，自己的灵魂与身体离得太远了。

因为走得太快，顾不上停下来等一等自己的灵魂。所以，有的人宁愿出卖朋友，出卖灵魂，也要快走，成为金钱的奴隶。

因为走得太快，怎么也慢不下来了，无法控制自己的欲望，别人的好心相劝，怎么也听不进去，忘掉了做人的底线和原则，让自己走了很多的弯路。

我们匆匆忙忙地穿梭在城市的各个角落，需要和这座城市默契地生活，而自己生活得七零八落，需要稍稍放慢节奏，去规整，去寻找初心。

当然，我们说等一下自己的灵魂，并不是停下来不去上班。而是在平时，要停下来想一想自己为什么出发。

走得太快了，因为太着急。有时候太着急了没有用，忘记了一颗耐心等待的心，有些好事不一定会出现，甚至适得其反。

一口吞不了一个饼，任何事情都有它的规律和流程，刻意打破和改变事物原有的规律，不一定会成功，大概率是失败。有些事情本来是来得及的，没有必要那么赶。很多时候，不是事情着急，而是我们急躁，我们焦虑的内心把事情变得那么着急。

相反，有一颗温和的心，从容如细水长流，行事不急不躁，不慌不忙，没有那么明显的目的，也没那么浮躁，反而可以水到渠成。

人生只有一次，生命无法重来，要记得自己的初心。放慢自己的脚步，经常回头望一下自己的来路，回忆起当初为什么起程，给自己鼓足从头开始的勇气。

人生就那么长，我们确实有许多事情要去做。但是，我们不能把弦绷得太紧，太紧了容易断掉。我们要让焦躁的自己学会慢下来，因为张弛有度，才叫生活。

走得太快，就无法让自己慢下来，我们要学会经常洁净自己的内心，放慢脚步，放慢身心，慢慢品味生活。

认识自己的无知，也是智慧

昨天，在老家碰到了多年不见的一位老朋友。

他说："我们这些人算是白活了，现在越来越不会生活了。我不会玩智能手机，有些简单的问题，也要等到孙子放学回来处理。"

我说："我也一样，时代不同了，有些本来很简单的问题，在我看来就很难弄，我也常常去请教一些年轻人。"

这也没有什么不好，不懂就是不懂，这也没有什么难为情的。认识到自己的无知，就会常常反思自己。很多时候，我们并没有自己想象的那么优秀。

一个人所掌握的知识只是大海里的一滴水。有的人自己所知很少，却认为自己知道的很多，这是非常可怕的，会阻挠自己的进步。

知道越多的人越会发现自己的无知，是因为一个人所知越多，与无知领域的交集就越大，就越是深切地认识到自己的无知。

有学生问古希腊哲学家芝诺："老师，您的知识比我们渊博，很多问题您都能回答上来，可是，您为什么对自己的回答总是有疑问呢？"

芝诺用手在桌上画了一大一小两个圆圈，说："大圆圈是我的知识，小圆圈是你们的知识。我的知识比你们的多，但两个圆圈的外面就是咱们无知的部分。大圆圈周长比小圆圈的长，因而我所接触的无知的世界也比你们大呀。"

人的无知有两类，一类是缺乏知识的无知，还有一类是知识堆积的无知。牛顿发现了物质不灭的自然规律，但无论怎么深究下去，就是解释不了最早的那个物质是从哪里来的，唯一自圆其说的是来自上帝，于是牛顿晚年转而皈依了宗教。更多的知识扩散为更大的无知，无知随着知识的增长而加大，困惑伴着知识的堆积在加深。

我们大人看到婴儿的各种可爱的动作常常会发笑，是我们在羡慕那些对这个世界浑然不知的婴儿，因为无知才对生活充满新奇和发自内心的热爱。

苏格拉底有句名言："智慧意味着自知无知。"人应该知道自己的无知，也应该尊重别人的无知。认识了自己的无知，才会对知识产生一种渴望，孜孜不倦地去学习。

年纪大了，我似乎才慢慢懂得这样的道理。我年轻时，也认识不到自己的无知，常常做一些傻事和蠢事。

认识自己的无知才是最大的智慧。人很难在青春时认识青春，只有走过了青春，才能认识青春。

跟自己和解

乡下两个邻居家总是为一些鸡毛蒜皮的事情闹得很不开心。有人会出来劝解，乡里乡亲的，大家一起生活那么多年了，就和解算了；有人说，这两家这辈子都和解不了了。

人活在世界上，有时候跟别人过不去，其实也就是跟自己过不去。跟别人和解很简单，也许一个道歉就可以解决，跟自己和解却不容易。

其实，自己跟自己和解，就是让自己和这个世界和解。

不能跟自己和解，往往是跟自己较劲儿。跟自己较劲儿的人，许多时候不能达观，也不懂得爱自己，甚至不懂得什么是生活，缺少一种生命之初最本质的宽容和坦荡。平时总是挂着一张别人欠自己三百万的脸，尤其在生活中遇到了挫折，更是恨世界，恨别人，恨自己。

不能和自己和解，就是对自己缺乏应有的自信，老为一些小事忧伤、叹息，找不到生活下去的勇气。有时遇到了一些不顺心的小事时，总是过分在意，心里一直想着。有一些一时处理不了的问题，也不愿意放一放再说，更不会对一些小事一笑了之，自己心里的那道坎，说什么也过不去。

有些事情发生了，明明无法挽回，自己总是无止境地纠缠下去。自己与自己较劲儿，只能增添新的麻烦，对自己造成新的伤害。

跟自己和解，就会让自己放松下来，也会给生命一个真诚的微笑，拥有了人生中无可比拟的美丽和洒脱。

在喧闹的人群中，受压缩的是生命，不受压缩的是心情。只要心是晴朗的，人生就没有雨天。放下了一些不足挂齿的小事，自己就不会那么烦心。

跟自己和解了，也可以化解大事为小事。

生活总是有进有退，有时候进比退好，但应该退而不该进的时候，退则比进好，退一步或许就能进两步。人既要能拿得起，也要能放得下。该放下的就要放下。适时地放开自己，就等于解放自己，退一步，对自己有好处。可见，有进有退，也是生活中的一种和谐。

跟自己和解，不需要大肆宣扬，只要保持沉默就行。沉默，可以让自己混乱的心变得清澈。不用告诉别人自己有多愚蠢、多天真、多善良、多幸运、多倒霉、多痛苦，但需要有城府、有睿智、有内涵。跟自己和解，是最后的清高，也是最后的自由。

跟自己和解，最需要的是放空自己。自己的欲望太多，就无法和自己和解。人生的积累多了，总会有一些东西不肯放弃，即使是一些没有价值的东西，也会如获至宝地藏着，不舍得清理。但是，每一个人最终都会卸下一切，这个简单的道理，年轻时理解不了，年纪大了，有时候也没有办法体会到，只有到了动弹不了的时候，才会感叹，一切都是身外之物。活了一辈子，结果也只能如此。

跟自己和解了，就会体会到不管处于人生的哪个阶段，都应该跟自己少一点争执。一些自己难以想明白的事情，随着时间的推移，往往变得不那么重要，变得没有那么大不了。

跟自己和解了，用宇宙观看待世界，会让自己活得更轻松。自己的思想就会超前跨越，就会有更多的时间去理解和看淡这个世界，属于或者不属于自己的地盘，会看得更加清楚，进而会找到自己的快乐和自由。

平平淡淡才是真

今天，又是腊八节了。

过了腊八，这一年也就算是过去了。这个腊八节与往年也没有什么太多的不一样，还是喝像平常一样的腊八粥，其实，这粥里也不止 8 种食品。

每个人的一生都是由无数个淡淡的悲伤和淡淡的幸福组成的。每一天都过得很快。生活中，我们每天都会有小小的期待，也有偶尔的兴奋，或者是失望，不知不觉，一天就很快过去了。

伟大和可笑之间，只有一步之遥。人要是对某个人和事充满了信任和期待，也会有着足够的耐心。而我们自己往往又是幼稚可笑的。许多时候，会让耐心变成了无奈，让希望变成了失望。

有的时候，期待、激动和失望往往交织在一起，替换着出现。人生就是一场经历，我们需要用心去体会。

自己有时候想说话，有时候又不想说话，和不懂的人说得再多也没有用，和懂自己的人在一起，你不说对方也明白。

世界再复杂，我们都得前行。以清净心看世界，用欢喜心过生活，就已经足够了。

生活有一丝的坦然，给生命一份真实，自己有一份感激，给他人一份宽容。就是人生最好的生活状态。

我们不求惊天动地，不要富丽堂皇，平平淡淡才是真。一切的风平浪静，才是我们生活最真实的一面。

平平淡淡地过，才是顺顺当当的人生，但愿我的人生不要有太多的故事。

有人不相信平平淡淡过日子这句话，因为从人的本性上说，人都不希望自由的生活是平凡、平静和平淡的，还是希望有一些色彩和浪花，有一些神秘和激情。当然，这句话也有一定的道理。活在平庸里，也难以实现自己的人生价值。

　　但是，我们的时代在变，我们的生活在变。在拥挤、嘈杂、多彩、动态的城市里，外面的世界越来越精彩，家里的生活却越来越单调。年轻人每天要为繁重的工作、琐碎的家务、孩子的学习、柴米油盐等操心，过着单调乏味的两点一线的生活。没有多少自由时间和空间可自由支配的生活，会消磨人的活力；模式化的日子会耗损人的感情。

　　在这简单而又重复的日子里，我们少一些攀比和浮躁，减少人为带来的痛痒，留下更多的亲情和责任。不要顾及别人那么多的"认为"，少一些伪装，把自己解放出来，还自己真实的面貌，找到属于自己的宁静的生活，也是人生不错的选择。

　　我们的生活，平平淡淡才是真。有些东西一直在自己身边，并不感觉它的珍贵，相反会觉得平淡无奇；人与人相处，相互熟悉了，也没有了那种激情和冲动，相互间也会变得淡淡的。其实也不是感情变淡了，而是一种真情的平淡。

　　生活中的精彩也是由日常的平淡积累而来的。人一旦失去了这种平淡，就会感到遗憾和可惜。淡淡地相处，才是真实的感情。感情也像品茶一样，浅浅地尝，细细地品，才有回味。

　　生活中我们也许错过了许多值得自己珍惜的人和事，回忆起来我们会有伤感。天天在一起，没有什么感觉。离开久了，模糊得看不到以前那个模样了，会情不自禁地怀念和眷恋。这就是平淡的生活给我们带来的落差。也许在某一个时刻，突然撞见，相互之间半天说不出话来，憋在心里多少年的话瞬间短路了，而心里却保留着对方那份美好的记忆。可见，平淡真实的美是多么的弥足珍贵。

危机感也是自己的朋友

一次，老家乡下有家企业跟员工签合同，有人签了1年，有人签了3年，还有人执意要签5年。这位签5年的朋友认为，这下好了，至少在5年里有了安全感。

谁知他出勤不出力，不思进取，不善于学习，虽然每月的固定收入也不少，但是当新技术来临的时候，他无法适应，最后在那批同时签合同的人中，他第一个被淘汰出局。

有一句话说，没有危机感，就是最大的危机。

有些危机，只有突然的降临，才会让人醒悟，让人理解深刻。

在美国，有一群濒临灭绝的鹿，被圈在一处水草丰美的地方保护了起来，它们吃了睡，睡了吃，没有任何天敌接近。很快鹿群的数量越来越大，随之而来的是，这些鹿的身体越来越差，科学家使用了各种办法治疗它们都不见好转。最后有人提出把"狼医生"请过来，当狼群来到鹿群中间时，"养尊处优"惯了的鹿群仍然傻傻地站在那里。狼看到美食自然就扑咬过去，这时鹿群才知道争相奔逃。就这样，每天狼群追着鹿群在草原上飞奔，凡是跑不动的就被吃掉。几个月之后，这群鹿在狼的追赶下，已经变得"健壮如牛"。

这个故事似乎体现了一个自然法则：只有在充满危机感和紧迫感的情况下，才能更好地生存，一个群体没有危险就是最大的危险。人的成功除了勤奋、创新，危机感也是不可或缺的朋友。

有危机感常陪伴自己，我们就会懂得知易行难，有备无患；如果没有危机感，总有一天会有麻烦找来，因为这个世界是无常的，而且变化太快，每天都不一样。不知不觉，智能生活已在这短短的几年里让我们改变了不少。

网上老是在说，未来的多少年里，有多少职业会被淘汰。有人说，这些都是伪命题，没有必要大惊小怪，就这样混日子，自己还不是过得好好的。但我觉得，至少这种提醒也没有错，如果等到真正被淘汰的那一天，自己再去想这样的问题，等来的也许只能是后悔。

人都希望有一个安逸的生活，谁都喜欢没有危机的感觉。有人认为，说那些要有危机感的话，这是多余的担心：哪里有什么危机？

而有人却常常告诫自己，认为自己的危机意识不够，自己站的位置不一样，也许是生活在可怜自己，明明是充满危机的时代，没有什么理由安于现状。无论哪个阶段，只有自己努力，才会拥有抵抗危机的能力。联想的柳传志这样认为："你一打盹儿，对手的机会就来了。"

有人认为自己有了一份满意和稳定的工作，丝毫没有危机感。这种生活看似安稳、看似安全，但危机却在慢慢袭来。有时候这种外表的稳定，其实只会让你更没有危机感地面对一切。假如危机一旦到来，你将失去一切，很难再回头。这时候去抱怨所有，都显得那么的苍白无力。

14岁的李嘉诚开始"行街仔"的推销生涯，从此渐入佳境，连续15年蝉联华人首富宝座。

他这样工作：不论几点睡觉，一定在清晨5点59分闹铃响后起床。随后，他听新闻，打一个半小时高尔夫。他认为，重点是打每一球时都保持冷静，有规划地生活。

他一定在每天6点下班，回家后，除了拨打越洋电话，还有两件必修功课：跟着有字幕的英语节目大声朗读以及夜晚的阅读。这两个工作都意味着一点：他最大的恐惧在于错过见证世界的变化。

在现代社会，竞争日益激烈，无论从事何种职业，人们都会感到危机。许多人因为压力而焦虑难安，许多人因为压力而日夜奔波，许多人甚至在压力下崩溃。

有些年轻人说，自己是有危机感的，所以喜欢折腾。瞎折腾是没有用的，看起来每天都很忙，忙到最后也不知道自己要做什么，也不知道什么该做，什么不该做。危机感的压力是很大的，每天面临各种各样的考验，指不定出现个什么玩意儿就把你给取代了。有了危机感，还要有自己的深度思考。当然，有危机感，总比没有危机感要好。正如孟子所说："生于忧患，死于安乐。"

如果我们失去危机感，只满足于现状，不敢开拓和冒险，就会失去事业和生活的重量感。一个人随着年龄的增长，自身的需求在不断增加，而自己又觉得每天都很努力，但实际上，对于单位和社会发展来说，个人没有前进就是在倒退，这就是个人的危机。

危机感是一种人的心理状态，有了这种心理状态做朋友，自己去努力了，拼搏了，心里才会更加踏实，经过了持续不断充满危机感的岁月，才能够让自己走向真正意义上成熟而灿烂的人生。

不设防的轻松

早晨醒来，我看到一篇文章里有这样的描述。有人说："我对任何人不设防，我对谁都一样，包括对警察。"

我在乡下就有这样的朋友。生活中，他真的是这样，与人交往，从不设防，尽管很多人说，当今的世界人心惟危，但是他仍然坚持：朋友交往不设防，设防不交往。

人本来是可以不设防的，因为无害人之心，无苟且之意，无不轨之念，无非礼之思，当然可以不设防。但是，有些心术不正的人专门干扰别人做事，往往让一些不设防的人吃亏上当，让一些不怀好意的小人得逞。所以，让人变得越来越小心，处处设防，把自己包裹起来。

然而，从长远来说，不设防得大于失。设防让人心很累，要会装腔作势，言行不一，戴上假面具，拒真正的朋友于千里之外，最终让自己变成孤家寡人。

有一句老话，叫作"害人之心不可有，防人之心不可无"。

这个世界上，人心叵测的事确实经常发生。本来很简单的事，被人为地搞得很复杂。所以现在人设防的多，不设防的少。有人甚至说，这个世界只有两种人可以不设防，一是不懂事的孩子，二是懂不了事的傻子。

这句话说的似乎有点绝对。其实，还有一种人也是可以不设防的。那就是率真无伪的人，他们像孩子一样，不避讳世人的眼光，白水鉴心，善良诚实。一就是一，二就是二，不会指鹿为马，黑白颠倒。

在我的生活中就有几位这样的朋友，我们可以无话不谈，我认为这才是人生的幸事。

当然，这样的人确实是很少的。他们有一种天然的率真，他们的眼神澄澈，态度分明，行动光明磊落。

　　与这些率真的人为友，可以不用设防，可以敞开心扉，尽情感受真情的流淌。人活在虚假里，吃再好的菜肴，也会觉得食之无味。

　　率真的人，就不怕暴露自己的缺点，甚至敢于自嘲，因为他们自信，他们真诚。缺点就是缺点，弱点就是弱点，不想唬人，不想骗人，亲切待人，因诚得诚。不为自己的形象而操心，不为别人的风言风语而愤怒，不会动不动就拉出自己作为谈资，往自己脸上贴金。他们不会自吹自擂，自怨自艾，自急自闹。与这些人交往，没有必要把时间浪费在设防上。

　　面对那些不用设防的人，交流起来特别轻松，不用去装，能够坦坦荡荡地谈论个人心中所想，没有什么不好意思直言的东西。真诚和直爽，总能让人会心一笑。不用设防的日子真美好，这才是生活真正的享受。

自己也是值得感谢的

老家有说不完的平凡而又伟大的故事。

香台头邮局对面住着一个妇女，叫和芳，今年58岁，每天起早贪黑，从毛巾工厂领回活计干，还开了一个小超市，又开了一家油漆商店。她手不停脚不停，没完没了地干活。为了维持这个家，为了儿子的将来，她认为一切都值了。

她的外甥女张春春跟我说，她虽然是一位普通的农家妇女，但是生活得真不容易。他生的第一个儿子17岁时不幸夭折了。她想，自己年纪大了，抱养一个4岁的女儿回家相依为命吧。但婆婆却不乐意了，认为最好还是自己生个孩子。可是她已经44岁了，高龄生育是多么危险的事儿，但没有办法，为了满足老人的心愿，她还是忍受痛苦，又生下了一个儿子。她的同龄人的孙子都上高中了，可她儿子现在才上高一。带大这个儿子，她和丈夫所吃的苦可想而知，但他们没有任何怨言，因为天底下父母都是无私的。

她跟我说："我只是一个最普通的农村妇女，没有什么特别的本事。这些年来走过的路，觉得都是自己的万里路，回忆起那些前进的路，我要感谢帮助过我的所有人，同时也要感谢我自己，感谢自己的坚忍和坚持。"

感谢自己，这句话也很有道理。

年轻时，谁没有碰过壁，流过泪，走错路，甚至爱错人？那个时候，总觉得妈妈的话太啰唆，领导的话也听不进去，朋友的劝也没有什么用。但直到有一天，自己真真切切地明白了一些道理，终于发现自己过去的幼稚和鲁莽，并有了自我觉察、自我纠正的能力，为人处世也有了进步，心里自然就有了感谢自己的想法。

为人处世要讲究方法，究竟哪种方法好，也不好说，适合自己的就是最好的。我们可以不依赖别人的经验，选择适合自己的，因为每个人都是最了解自己的。能改变的事物，也只有自己。生命如此厚重，没有谁的经验可以全盘指导另一个人的人生。

感谢自己独立思考的能力。通过不停地思考，才能探索自己成长的每一步；把每一次失去，转化为另一种势能；把每一场煎熬，都作为成长的积累；有了对自己的剖解、晾晒、分析、提炼，才会拥有逻辑思维和深度思考的能力；理性的思维背后，才会有自我觉知、自我修复、自我完善和自我成长；内心有了承载和韧性，再次面对伤害、失意、苦难时，内心就没有那么多的痛苦，反而会增加许多与众不同的智慧。

岁月不会饶过我们，而我们也不能辜负岁月。

艾伦·伍迪说："曾经我白发苍苍，如今我风华正茂。生活刻薄相欺曾令你白发苍苍，而如今的风华，正踏着过去浴火重生迤逦而来。"

一个人若是过着饭来张口、衣来伸手舒适的日子，也需要感谢自己，要感谢自己年轻时在最累最苦的时候没有放弃。

感谢自己，在最孤单的时候勇敢地一个人赶路。别人不看好自己没有关系，自己相信自己就行。在前进的道路上总有挫折，能够坚持下来，慢慢地熬过去，用所有的寂寞时光为自己鼓掌，虽然也没有做成什么大的事业，但终归是不声不响做完了一件事情，也要感谢自己敢于挑战的能力，感谢自己没有虚长一岁。

人的年龄只是一个符号，只要自己每一步走得踏实，每一天活得自在，我们就可以不再害怕年纪变大。我们要感谢自己的不是别的，是时间给自己的财富。尤其是自己吃过的苦，都结成了果实；自己受过的累，都变成了回馈。

每个人的一生，都是值得感谢的。

我们要感谢自己的坚持，感谢自己的努力。有时，看重自己才会得到别人的重视，无论是收获成功，还是面对挫折，都需要自己去体会，去跨越，也只有依靠自己，才会有真正的幸福。

等到有一天，你能讲出自己的故事，无论是一段纯洁无瑕、信心满满、无私舍己的故事，还是一段充满焦急、自私自利和妥协屈从的故事，你都有了进步，你都要感谢自己有一段刻骨铭心的体会。

学会培养自己

昨天,我在老家参加一个聚会。有人很沮丧地说,他的孩子脑子并不笨,大学毕业进单位已有好多年了,可还是原地踏步,关键是没有什么社会背景,没有人培养和提携。

我想,也许这位朋友讲的是事实,但也不完全有道理。

每个人都希望自己成为最优秀的人。但要让自己优秀,总有一些人指望有人赏识,有人培养,有人提携。

如果真有人帮助你,那当然不是一件坏事。但是,这样的"伯乐"很难等到。要知道,等待的滋味是很难熬的。

与其等待别人培养,不如先自己培养自己。只要自己肯学习,天下就没有做不成的事情。在没有人培养自己的情况下,最多就是比常人付出更艰辛的努力而已。自己可以大胆去接触世界上的各种新鲜事物,尝试不同事情,自己动手去摸索,培养自己独立思考的能力,逐步积累丰富经验。

当培养自己做出了一些成功事情以后,你也许会感动世界,也许会遇到贵人相助,会找到新的机遇,新的途径。

当然,拜师学艺也是许多人获得成功的路径之一。但老师只能给你指引,走路还得靠自己,你需要以老师的指引为方向好好来培养自己。

当自己遇到困难的时候,看看自己的毅力比别人差多少;当自己和别人交谈的时候,不妨从谈话当中去找能启发自己智慧的言语,即便是一次随意的交谈,也可以培养自己的智慧;在和别人相处的时候,要观察到自己的不足，多看到对方的优点，然后向他学习，让自己走向成熟。学会培养自己，就是让自己养成好的习惯。伟大的物理学家伽利略、牛顿、爱因斯坦等，勤奋好学、善于观察、善于思考的良好习惯，使他们为人类的进步与科学的发展做出了不可磨灭的贡献；鲁迅先生"随便翻翻"的读书习惯，使他看书着迷，成为伟大的文学家；华罗庚"刻苦自学"的习惯，终使"勤奋"出"天才"，成为著名的数学家。他们都是靠自己培养出来的。

当然，我们普通人不可能都成为这样的巨匠，但我们可以走向自己的成功。而成功，来自良好的习惯。

从前，有一个人织了一张很结实的网，他把网布在树杈上，然后躲在隐蔽处。不一会儿一只胖乎乎的小鸟撞入网眼。他想：抓住小鸟的是中间这个网眼，看来只有这个网眼有用。于是，他把其他的网眼全部剪掉，只留下这个网眼，然后把它布在树杈上，每天躲在一旁等待鸟儿入网，他还能不能再抓住小鸟呢？结果也就可想而知了。

我们的学习就好比织成一张大而结实的网，只有布上这张网才能网住"小鸟"，如果愚蠢地认为，只有直接网住"小鸟"的网眼才有用，那么，最终只会一个"小鸟"也抓不住。

学会培养自己，还要有自我纠偏的能力。有一个网友说，他是一个以自我为中心的人。如何让自己变得不以自我为中心，这个课题，书本上可能给不了你答案，只有一定的生活历练和阅历才能知道，以自我为中心只能把自己逼到墙角。如何让自己变得不以自我为中心，就应该知道，自己在这个世界处于什么位置。

李镇西老师说："学会自己培养自己，就用一生的时间去寻找那个让自己吃惊的'我'。"

人的一生总有许多故事。有时候自己是故事中的主角，有时候是配角。不管是主角还是配角，只要生活在自己的故事当中，我们就要学会减少评判，停止指责，学会宽容，而去接纳、去爱对方现在的样子，我们只需要经营好自己的故事即可。

我们可以扔掉那些年幼无知时自己编过的谎言，以及用这些谎言编织过的故事。真正地认识自己，才能更好地培养自己。找到了令人吃惊的自己，才能找到有实际生命意义的自己。

活在当下

前天,我在乡下与一位几十年不见的老同事交流。她说,这些年,她受到的打击实在是太大了,先是大哥生病,在一系列的治疗之后,大哥病好了。她妈妈身体本来好好的,突然去世了。当自己还没有从悲痛中走出来的时候,她80多岁还能上网、精神很好的爸爸,也经受不住她妈妈的离开,相继走了。这一连串的打击导致她也生病了。

回想起那一段日子,她当时以为天要塌下来了,生活无法继续下去。

可是,世上并没有过不去的火焰山。过了好长一段时间,慢慢地,她开始接受现实。现在,她看起来精神还不错,看得出来,她经过了痛苦的调整过程。

人最痛苦的事莫过于拥有的东西突然不见了,永远都不会再回来。而我们只能承认这些现实。承认现实,就不要在自己心里留下细而尖的针,一直插在自己的心头而不去拔,这样它就会想让你疼,你就得疼。

当然,放松自己的道理并不深奥,但坏事摊到谁的身上,一时半会儿谁也调整不过来。痛苦也没有用,生活必须继续下去。

人经过了"天塌下来"的大事,总以为到了生死攸关的时刻。当时,困境像洪波巨澜一样,快要把人吞没了。经历之后再回过头看看,把曾经"天塌下来"的大事放到漫长的人生之河上看,发现自己既有痛苦的经历,又有成长的表现。天不会塌下来,所有的事都会成为过去,向前的脚步会踏平坎坷,重新走入坦途,天根本就塌不下来。

一个人即使没有活在沉重的打击里，在平素的生活中，也会有天要塌下来的感觉。这也许是质朴的天真，也可能是生活的调侃，更多的可能是一种心理因素。认为自己做了很多的努力，却总是追不上别人；别人家的孩子那么优秀，而自己的孩子却跟不上趟；总觉得自己变了，变得和期待中的自己不一样；别人发了大财，而自己还是穷光蛋一枚。

　　这时候，你也许以为天要塌下来了。其实，不是那么一回事，只是自己站歪了。

　　也许自己悲观的想法太多了，过多地陶醉于别人的生活，没有发现自己身上也有别人没有的优势；身边正能量的朋友太少了，缺少了给自己正确指引的领路人。自己虽然不完美，但也有着细细碎碎的优点，累积这些细细碎碎的优点，也会让自己过上想要的生活。

　　我们与人相处，要少和负能量的人在一起，多交有正能量的朋友。

　　有正能量的人总认为，年轻就是资本，青春就是早晨的太阳，正能量的人容光焕发，灿烂耀眼，所有的阴郁和灰暗都遭到他们的驱逐，他们生机勃勃，勇敢向前，尽情谱写生命中最辉煌的色彩。年轻人，不要遇到一点曲折，就认为天要塌下来。

　　有正能量的人会相信他人，相信感情，相信善良的存在，心情会开朗，会坚忍、温暖地活着。生活的苦难，对弱者来说，是一种打击；对强者来说，是一种馈赠。开口抱怨很容易，但是闭嘴努力的人更加值得尊敬，我们要相信自己所遭遇的一切，并不是在阻挡自己的前进，而是要让我们下更大的决心。

　　懂得了天塌不下来的道理，就会更珍惜自己的生命。

　　因为人这一辈子太短，也别活得太累。我们每天忙着挣钱，忙着打拼，这是求生的需要。但是，我们也不能把赚钱看作是唯一的需要。我们赚钱不是目的，健康才最重要。有些事情我们懂不了，就干脆放下；有些事情我们得不到，就要舍得放手。

　　既然天塌不下来，我们又何必去攀比，去计较，去拼死拼活地靠自己赢得所有？！

　　既然天塌不下来，我们又何苦去算计，去折腾？！活在当下，珍惜现在，知足满足，才是自己的人生。

给人生画标点

我们从读小学开始,就要在老师的教导下学着给一整句话画标点。其实,人活着,每天也都在给自己画标点。

我们的生活中不能只有逗号,没有句号。计划今天要做一件事,就不要拖到明天去。

著名作家林清玄写了170多本书,有人问他你还写吗?他说,如果我下午死,清晨和上午还是要写的。他从小就有当作家的梦想。上小学三年级的时候,就规定自己每天写500字,上中学的时候就规定自己每天写1000字,上大学的时候就规定自己每天写3000字。写了40多年,从未间断。他每天都在给自己画上当天的句号。

我们不能老是给自己画省略号。人往往都有雄心,活在世上都要做一番事业。但是光有规划不行,不能碰到一点困难就朝后缩。自己对自己要忠诚,不能欺骗自己。说了的事情就一定要去干,不能给自己找理由画省略号。

有人与一位成功者展开了一次交流,他的心灵被电到了,被电出了很多思想的火花。回来后,他信誓旦旦地说要写一本书。可是20年过去了,也不见那本书写出来。

有想法的人很多,但能干成一件漂亮的事,却没有那么容易。在我们的生活中,有时往往能找出很多的理由,把句号变成省略号。我也常常这样。

我们可以给自己的生活画上感叹号。我们要自己鼓励自己,增强自己的信心,哪怕做了一点微小的事情,也要给自己画上感叹号!

我们大多数人虽然都出生在平凡的家庭,但也不要妄自菲薄,要给自己积极的心理暗示。给自己画的感叹号多了，就会激发起很多的热情。就会意识到通过后天的努力，尤其是心智和行为习惯的改变，也可以改变自己的命运。

当自己许的愿越大，改变自己的推动力也就越大。人的生命往往被某种惯性所牵引，无须再找借口，都会受到自己愿望的牵引。精神的力量是无穷的，有了感叹号的鼓励，也许就不会推脱说自己够努力了，坚持让自己变得更好。

人生有没有圆满的句号？不管你平凡也好，辉煌也罢，转瞬间，身后都是一个戛然而止的句号。

当然，人生也有很多的问号。回顾一生，我们会问自己为什么留下那么多的空白，错过那么多最华美的章节。

周国平说："老天给了每个人一条命、一颗心，把命照看好，把心安顿好，人生即是圆满。"

约翰·道尔顿是英国杰出的化学家、物理学家。他出身贫寒，生活条件恶劣，但他没有因此而自暴自弃。他15岁时便离开家乡自谋生路，在给一个学校校长当助理的12年里，一边工作，一边读书，写下了"午夜方眠，黎明即起"的座右铭激励自己。

他经过艰苦的努力，积累了大量的科学知识，28岁时发现了气体分压定律，创立了倍比定律和"道尔顿原子学说"，提出了原子量表。他的杰出贡献，被恩格斯高度赞扬为"近代化学之父"。

道尔顿身处艰难的境况中，没有自怨自艾，而是改变了自己的心态，最终取得了成功，名留青史。

道尔顿为什么能取得这样的成就？我想，他就是不断地给自己的人生画标点。

道尔顿1803年继承古希腊朴素原子论和牛顿微粒说，提出原子论。其要点是什么，他需要画分号，要分阶段、分层次地去做。

化学元素由不可分的微粒构成，这种微料称为原子，他认为，原子在一切化学变化中是不可再分的最小单位。同种元素的原子性质和质量都相同，不同元素原子的性质和质量各不相同，原子质量是元素基本特征之一。对这个概念要有完整的理解，就必须要不断地画逗号，每完成一步都要画上句号。

不同元素化合时，原子以简单整数比结合，推导并用实验证明倍比定律。如果一种元素的质量固定时，那么，另一元素在各种化合物中的质量一定成简单整数比。他在完成这个的过程中，不断给自己画问号，又用时间不断回答自己，直到真正弄通为止，画上句号。

最先从事测定原子量工作，提出用相对比的办法求取各元素的原子量，并发表第一张原子量表，为后来测定元素原子量工作开辟了光辉前景。这个时候他当然会很感慨，找到了光辉的前景，必然会点上感叹号。

此外，道尔顿在气象学、物理学上的贡献也十分突出。他是一个气象迷，自1787年开始连续观测气象，从不间断，一直到临终前几小时为止，记下约20万字的气象日记。他的辛苦换来了成功的享受，但他不会轻易画上句号，还有很多的省略号，等待他去完成。

1801年，他又提出气体分压定律，即混合气体的总压力等于各组分气体的分压之和；他还测定水的密度和温度变化关系和气体热膨胀系数；等等。这是多么了不起的成就，这个句号必然是画得圆圆的。

我们每个人不可能都成为伟大的科学家，我们平凡的人即使做再平凡的事情，也有许多标点要画，不能只有逗号，没有句号，做事虎头蛇尾；不能只有逗号，没有分号，做事没有层次；不能只有逗号，没有感叹号，做事情要有激情！

我们虽然很平凡，但生命丰盈了，灵魂纯净了，也许身后也能画上一个圆满的句号。

人生没有那么多的"如果"

有的人喜欢说,"如果怎么样,我会怎么样",一位小学同学说,如果我当年也当了兵,也许现在就有了农村退伍兵的补助;也有的说,如果我当年也去当小学代课老师,现在退休金每月也有好几千元;如果我有亲戚是干部,我也不至于现在这么一把年纪了还在种田……好像有说不完的如果。

我想,其实这种假设是没有任何意义的。

现实像是一记耳光,打在自己的脸上,喊疼也没有什么用处。我们自己就是人生的作者,何必把剧本写得苦不堪言呢?勇往直前,跌倒了再爬起来,才是我们应该做的。

如果你能依靠到一个什么人,也许会有改变,但这也只是假设。假设不能当饭吃,不要太依赖一个人。因为有了依赖,就有期望,有了太多的期望,最后往往得到的是失望。

世界再精彩,别人再美好,都与自己没有关系。我就是我,只需梳理自己的羽毛,飞往自己想去的地方。

没有了"如果",自己就少了想入非非,内心也会安静下来,外界想改变自己也不那么容易。艳羡别人,往往会输掉自己。学会珍惜自己,世界才会珍惜你。

人生没有那么多"如果",却有很多的"但是"。美好的东西,也不是自己想想就有的。自己幻想着想要抵达的远方,没有行动,也无法到达。自己跟自己说了太多的"如果",实际上,也只是站在现实的高台上,说着无可奈何的理由。

当然，人生是要有渴望的。若是不带着点对未知事物的渴望，对平凡生活的畅想，那生活也是乏善可陈、无滋无味。

现实生活是残酷的。生活中有太多的无可奈何。生命中，总有些遗憾，弥补不了；人生中，总有些意外，避之不开。无论你是谁，只要活在这个世界，人生的哪一个季节，都不可以省略；生命的过程，都不能迟疑；生活的伤痛，也不可能没有。

我们不能一生都怀抱热望，而又一生都在半途而废。无论面对的情况多么糟糕，在我们面前的只有两种选择，要么学会坦然接受，并从中寻得乐趣，要么就去努力改变它。我们不能老是活在"如果"里，因而被坏情绪左右。坏情绪常常可以把人拖进无限的恶性循环。

一个人老是处在"如果怎么样，我会怎么样"的理想状态，这个人就缺少了主动精神，缺少了处理各种复杂问题的能力。不是每个人都能足够幸运，遇到事情时有人伸手相帮，更多的时候还是要独自去面对。只有自己内心强大，才能淡然接受一切，默默去努力改变一切。

"如果怎么样，我会怎么样"，说这样的话，实际上是希望自己有"应该"与"期待"，这是不现实的。人生没有那么多的"应该"与"期待"。因为谁都不可能完全按照你所想的方式对待你。一个人一旦期待了，就会有50%的概率是失望的。失望的次数越多，负面的情绪累积也就越多。降低自己对他人的期待，调整自己的步伐，才是正确的生活态度。

少一些"如果"，就不容易迷失自己的方向。

只要不迷失自己，我们就能拥有心灵的自由，和自己亲密相处。人都是独立的个体，人生真的没有那么多的"如果"，没有那么多的"应该"。放下假设，我们就会有自己生活的力量。

从哭着经历，到笑着懂得

死要面子活受罪，其实是人的一种精神上的空虚。面子，是人们用虚荣来掩盖自卑。

日子是自己给自己过的，并不是过给别人看的。那些精神空虚的人，更加容易将奢华与"面子"挂钩，认为这是自己的荣耀，希望获得别人羡慕的眼神。

有一些物质条件好一点，精神生活丰富、思想境界很高的人，也许过着外人看来体面的生活。但是我想，他们的这些物质性消费和投资，只是因为自己喜欢，只是"给自己过的"，而不是要给别人看的。

注重精神生活的人，不那么讲究面子，会毫无功利性地专注于自己喜欢的事情，即使做这件事不能给自己带来任何金钱、社会地位、名声方面的好处，他也仍然愿意投入极大的热情去做。如果只是为了自己的面子而做，这些事情无论如何，也是做不好的。

其实，人在脆弱时，谁都想有份慰藉；心在无助时，都想有个依靠。但这些不是自己想要就能要到的。

世上的路，有时只能一个人走。死要面子活受罪的人，自己明明囊中羞涩，却还要摆阔，让自己活得很累。为什么不能顺其自然、尽力而为呢？与其自己哭着摆阔，还不如让自己笑得坦荡一点。

不太注重面子的人，往往会选择沉默，他的沉默，不是不懂事理，而是不想多说。从开始哭着经历，到现在笑着懂得，积累了很多的财富。这种财富，就是自己对人生的深刻感悟。

面子是人生中的第一道障碍，聪明的人绝不做"死要面子活受罪"的事，过分爱面子，就会失去机遇。把自己看得太重的人，很难做成大事。

有一大部分富豪都是从"破烂王"和"臭皮匠"干起而发家致富的，敢做"破烂王"、敢做"臭皮匠"的人，本身就具有与常人不一般的人生观、价值观。

你的面子真的并不重要，如果自己很平庸，那装出再多的面子也没有用。这个社会很现实，要看你的智慧和能力，要看你的真实的能力和实际的成就。闯出来了，成功了，才有脸面，否则，没有谁会在乎你的面子。你的事业做不好，再华丽的面子也都是虚的，事实才最有发言权。

人那么拼命地讲面子，无非是让别人高看自己，在乎自己。但是，这个世界上除了自己的家人，没有人真正在乎你。别把自己想得太伟大，要知道，在别人的世界里，不管你做得多好，你都只是个配角而已。

我们只有把面子看淡，才会有看过繁华过后的从容。不靠别人，所有的事情都要靠自己，不要指望自己装出了面子，就会有人来帮助你。不靠别人，每分钱都要自己去挣；不怨别人，每件事都自己定；心里不慌，自然会有力量。什么都指望别人，没有人会高看你一眼；什么都怨别人，没有人倾听。抛弃了不必要的面子，我们就能在豁达平和之中，认识这世界的可爱和可赞之处，也不会辜负自己这宝贵的一生。

不注重面子的人，往往从体验沉默到领悟沉默，说明他们内心已经开始成熟。他们需要释怀藏在心底的痛，需要卸下压在肩上的包袱，不让自己活在死要面子活受罪的日子里。

经历，是财富，经历多了，懂得也多了，就不会把面子当回事，就能让自己回到本真的自我。

成功的背后

我有一个香台村的亲戚的孩子,她叫刘海燕。她大学学的是畜牧专业,大学毕业后,去了老家的一家养殖企业。

一开始,领导让她去海边一个正在筹建的养鸡场。她去的时候恰逢夏天,鸡场没有员工宿舍,刚开始一个多月,她睡在鸡窝里,难闻的臭味和蚊虫的叮咬常令她彻夜难眠。一般人很难体会到这是一种什么样的生活,她的家人和亲友更难理解。她当时过的就是一种跪着的生活。

她怕家人和亲友接受不了她过的这种生活,总是笑着说:"没关系的!我现在也不知道自己能做什么,开始总是要苦一点的,我有这样的思想准备,你们不要为我担心。"

在度过生存期的过程中,每个人可能会失去一些宝贵的东西,或者过得不如意。所以,她记得每天提醒自己:靠劳动吃饭,过艰苦的生活并不丢人。这些黑暗只是为了日后的黎明,做这些不愿意的事情,只是为了以后能更好地站起来。

后来,她换了一份工作,虽然有恒温、恒湿的环境,但是要连续12个小时上班,她觉得,比鸡窝里的生活好多了,虽然12个小时上班,她根本不觉得苦。又过了4年,她被调到办公室做内勤工作,经常加班加点,帮人代班,她非常乐意。年终评劳动模范,同事们第一个推荐的就是她。

别人看到的都是光鲜,看不到的是艰辛的过程,而那些过程,只能被最亲的人看到,或者烂到自己的肚子里,没人知道。她像蜡烛,燃烧自己,照亮周围,温暖着身旁的人。

跪着生活不可耻，重要的是现在跪着，是为了以后更好地站起来。

作家李尚龙说："我们总容易被光芒吸引，却不知道每个人前显贵的人，背后跪过多少次。"

在这个世界上能够成功的人，一定有他成功的理由，并不是靠平白无故的运气，熬过了那些痛苦的日子，他们有着别人不知道的经历，并不是靠虚无缥缈的幻想搭建起来的空中楼阁。

我与许多正在创业的人交流过，每每听到他们的故事，心灵总是被一次次地电到。

他们成功的背后，有着数不清的倒霉日子，他们心里也很清楚。但是，为了事业的成功，他们不去羡慕嫉妒那些光鲜的人，更不会自怨自艾。在难熬的日子里，他们总是给自己打气，那些不过是人生的不同阶段，都会过去，都会更好，只要自己还肯相信努力的意义，相信生活能靠双手改变。相信自己，别人就无法打倒自己，只会让你变得更强。

有人说，因为自己出身贫寒，所以只能一辈子跪着生活。

我认为，这样的认识有失偏颇。我们无法选择自己的出身。我们是得承认，家庭出身好，对自己事业的发展帮助很大；不得不承认，家世好的人起点比平凡人要高很多。但出身平庸的人，也有成为社会精英的。不管怎么样，出身贫寒的人，也没有理由讨厌自己的出身，要学会面对现实，需要更多地思考自己如何改变人生。

我感觉，有丰富生活经历的人，因为他们知道贫困的痛苦，他们一旦成功，进入上层社会，他们表现出来的气度会比一夜暴富的"富人"更加超脱。因为他们从贫困到富有并不是一蹴而就，经历的波折要比本就有财富基础的人多，会更懂得那些历经艰辛的人。

更新认知

我乡下的亲戚中，有几位是木匠、瓦匠，现在他们的收入飞涨，有的每天竟达到四五百元。还有一个远房亲戚，他在五星级宾馆贴瓷砖，每天可以拿到 1500 元。因为现在干这些手艺活的人越来越少，需求缺口大，所以，他们的活计越来越值钱。

如果用保守的眼光去看，认为体力劳动不如脑力劳动值钱，这种想法就落伍了，也是幼稚的。

有些无法被替代的体力活儿，现在地位提升了。但有些过去看起来很光鲜的工作，现在却被人工智能逐渐替代了。这样的事情已悄悄来到了我们的身边。我们不能矫情，不能自以为是。人没有新的认知，就会被时代所抛弃。

人的认知为什么难以更迭，主要是无法突破自己，总认为自己是懂得的。其实，外部世界已经发生了变化，自己却还活在过去的概念里。

怎样清醒认识自己，如何有效学习、建立恰当金钱观、高效利用时间、正确处理人际关系、看待成功等问题的认知，都存在一些分歧，主要是因为有人的搞不懂它们之间的内在逻辑。

有些事情自己明明不懂，却还在那里装懂；有些事情没有做成，却不愿问自己，而在那里怪运气不好。有时候，自己也想学习，但没有毅力坚持下去；有时候，看到别人赚钱很羡慕，但自己却眼高手低，只想投机取巧，不愿意用"笨"办法、苦办法做事。有的人一会儿很自信，一会儿又自卑；有的人看上去很外向，其实很内向；有的人害怕孤独，但又不愿意享受热闹。自己总是看不清自己，弄不懂自己真正想要什么。

有人问古希腊思想家泰勒斯："什么是最困难的事？"泰勒斯回复："看清你自己。"看清自己，是这个世间最难的事。

人都有自我感，但人的大脑在很多时候是很顽固的，有的就是单纯的顽固。因为人都是自己记忆的剪辑师，希望能看到现实，但有时候，这种现实是虚假的，因为大脑每时每刻都在骗自己。有些事情看起来记忆很深刻，但有些记忆是不靠谱的。

一位老专家说，"60岁以后，要学会自我保鲜"，这句话很有道理。其实，不光是60岁以后要学会"自我保鲜"，每个年龄段的人都要不断地更迭自己的观念。

每个人都需要有重新学习的能力。这是一个最好的时代，也是一个知识和技能容易被颠覆的时代，有太多的东西需要我们去学习。如果不学点新东西，就不能与时俱进，总爱讲老话，按老经验办事，对新事物一窍不通，自己的生活质量也会大打折扣。认知不能更新迭代，一定会输得很惨。

对缺憾的回味

夏天,农村人有在场上纳凉的习惯,大家凑在一起,七嘴八舌,天南地北地议论人生。

很多人会聊,如果我当初不是这样,现在也许就会那样;如果我当初努力一把,现在也不会变成这样。对于自己没机会做的事,往往留下遗憾。

但遗憾的事已经发生了,自己往往就没有选择,不能回头。

我也一样,经常这样去回味,回想到自己在过去几十年里有太多的遗憾。年轻时,自己没有感觉;当有感觉时,已不再年轻。

但是如果把自己的缺憾告诉别人,让别人不要重复那些缺憾,我感觉也是一件快乐的事,也是对别人的布施。

我们每个人几乎都会有遗憾,遗憾没有寻求帮助,遗憾没有好好锻炼自己的能力,遗憾当时没有做一个更好的选择,这是遗憾的一个共性。最大的遗憾不是自己做了什么,而是没有做什么。

我看到《中国青年报》一则报道,对大学生进行的一项在线调查显示,82%的受访者心存遗憾,8.8%的受访者没有,9.2%的受访者觉得不好说。

关于自己大学最遗憾的事情,调查中,34.8%的受访者后悔没有早点做职业规划,32.3%的受访者后悔没有利用半价学生证出去旅行,28.9%的受访者后悔没有学好专业课,28.3%的受访者后悔没有好好看书。

受访者的其他遗憾还包括:没有常回家看看父母(8.9%)、没有好好与同学相处(9.9%)、没有坚持运动(24.7%)、没有主动参与社团等组织(20.2%),等等。

虽然说，开弓没有回头箭，世界上没有后悔药可吃，但人能回望岁月长河里的缺憾，也是一件好事。特别是年轻人回味最珍贵却又最短暂的时光里的缺憾，找到新的努力方向，也是一种不错的选择。

有一位00后跟我说他现在觉得上大学最遗憾的就是没有认真学好专业课，人家去图书馆，自己还觉得他们傻。等自己参加工作了，才感到有些吃力。只怪自己当时虽然有很多有创意的想法，却没有去实践。不过现在还来得及，趁着自己还年轻，一定要通过努力，把以往的损失弥补回来。

回味自己的缺憾，有时也许是一种痛苦。失去的痛苦，其实也是一种幸福。

因为失去了绿色，却得到了丰硕的金秋；失去了太阳，却换来了繁星满天。随着年龄的增长，阅历的充实，人应该随着时间的变迁，去调整自己的生命点。

得不到和已经失去的固然珍贵，但这并不是最珍贵的。人世间最珍贵的应该是把握好现在自己手中的幸福，好好珍惜身边的人和事。

有些东西失去了，也不要说遗憾。

错过了的事情就让它过去，前面的路不是终点，而是需要我们拐弯。

在我们的现实生活中，总会有一些令人遗憾的事情发生。发生了，我们就要正确地对待。回味过往，目的是更好地面对未来的生活，而不是让自己陷入痛苦之中。

回味过去没有错，知道自己有哪些缺憾也很好。回味之后，我们需要的是，不要让遗憾再次发生。遗憾也许会是自己永远抹不去的阴影，但也是一种教训，它让自己学会如何坚强地面对以后的路。只要让遗憾不永远伴随着自己，自己就会走出心中的遗憾，迎接新的生活。

所以说，人生的魅力，有时也在于对缺憾的回味。

误解，是最糟糕的距离

30多年前，有人凭想当然编造了一个故事，我被一位领导误会了。但我至今也没有解释过，不是没有机会说，而是不想说，因为我的心理没有那么阴暗，也根本没有做对不起那位领导的事。领导对我怎么样，那是他的事。我们偶尔见了面，双方脸上虽然漾着笑容，但我的心里却淌着泪。那场误会跟着我经历了多少个风雨，走过了多少个四季。后来，我也有点后悔当时没有及时澄清。但时过境迁，也就算了。人的一生中，谁又能不摊到这样的事。可是，编造这个故事的人，至今还认为我蒙在鼓里。

生活中，每个人都有过误会的经历，不是误会过别人，就是被别人误会过。被误会的日子是很难过的，我就有这样的经历。

误会是伤人的，尤其是恶意造成的误会。如果是生活中的小事，造成的误会也就算了，少接一次电话，少回一条短信，少参加一次聚会，这些生活琐事如果双方解释清楚，误会就消除了。但有些是蓄意造成的误会，一时半会儿也解释不清楚，那积怨会很深，甚至会持续一辈子。人与人之间偶尔有一两次误会，问题不大，但一个误会又一个误会地滋生，挡住一起向前去的路，烦恼了自己，又伤害了别人。

误会就像蜿蜒在心里一条狭窄曲折的路，横在胸前一座岌岌可危的独木桥，自己走不过去，别人也走不过来。有些可能造成终身的遗憾。发生误会了，对那一程路，那一段水，说一声再见，也许真的再也不会相见。

被别人误会很难受，误会别人，自己的日子也不好过。

误会别人时，自己的内心也常常和自己过不去。你心思重时，也许别人根本不知道，自己却在心里藏着计较，给自己留下很多的痛苦，令自己常常如鲠在喉。有些事情问清楚了就好了，本来可以一阵风就吹过去了，而自己却心生魔障，没有办法过去那道坎，找不到生命里"风吹草低见牛羊"的欢畅。

我在微博上经常看到这样的帖子："出现误会时，聪明的人会放弃解释，因为敌人不信你的解释，朋友无须你的解释。"

我想，这样的说法是不是有失偏颇，在同事、朋友之间出现误会时，最好的办法还是要解释。解释，无非是多写几个字，多说几句话，或许有些误会和裂痕就填平了，良好的人际关系绝对需要沟通，我宁可相信这样一句话："人与人之间，第一是沟通，第二是沟通，第三还是沟通。"有些误会，把人逼到悬崖边了，如果真诚地沟通了，也许就减少了绝望。

我这人性格比较直率，说话很少拐弯，最容易让人产生误会。平时，我也爱开玩笑，弄不好也会让人产生误会。自己虽然不随意揣测别人，但不等于别人都能从正面理解自己。用怀抱温暖世界，也是不容易做到的事情。

人的一生需要不断地总结，知道自己的弱点和缺点，遇见事情，绝对要表达清楚自己的意思，谈话间要注意对方是否有不对劲的情绪，不要放任误会滋生。

要知道有区分地说话，有些人开不起玩笑就别开；有些事必须说清楚的，别以为别人都懂，就偷懒说半句留半句，这些小事都可能造成误会；有很多时候，一开始的一个误会，没有及时去解释，慢慢就会造成两个人渐行渐远的结果。

人不可能什么时候都做得很完美，有时往往在不经意的时候得罪了某位领导，而自己却浑然不知，等到弄明白是领导误解了自己的时候，已经晚了。这样的事如果自己遇到了，还是需要积极应对。首先要摆正自己的心态，先检查自己有哪些做得不好的地方，承认自己的不足；自己确实有疏漏的地方，先改变自己，用行动向领导证实，同时再寻找适当的时机和领导巧妙地进行解释；要相信当领导的一般没有那么小心眼，他们总是希望自己的下属都是他的理想助手，是忠诚、有才华、能干事的人；真的被领导误会了，也不要当场去驳领导的面子，心里不能急，不能火，不能顶撞，更不能背后议论。在领导空闲且情绪好时"借机"提起，或在领导相对轻松和思考问题的时候，比如晚上8点多的时候发条短信。背地里不要有太多的抱怨，有些话，自己会长脚的，会迅速地飞奔到上司的耳朵里，那时候，自己与上司关系会进一步恶化。如果遇到重大的冤屈，该摊牌的还是要摊牌，该吐的苦水也要吐，不能太委屈了自己。

安迪教父说："人永远不可能用视角看到全部，必然会有误会。"

有时候，我们没有存心做坏事，但事情的结果让人伤心，这是伤人的。误会是一个人不说清，另一个想太多。没有人懂你的小委屈，往往成了你最大的委屈；也没有人听得进辩解，留白反而变成了苍白。人遇误解休怨恨，物过严冬即回春。

其实，消除人与人之间的误会也很简单，多说一句话："是我的错，我向你道歉，让你生气了。"不是自己的错，也可以说一句："抱歉了，让你误会了。"有时候双方明明心里清楚发生了误会，可谁都不肯先说这样的话，只能让误会越陷越深。

误解，是两人之间最糟糕的距离。消除误解，驱散雾霾，就要让自己真正走进另一个人的心里，而不要把它折射成万千种伤悲。不要死扛自己的误判，真心对待他人，敢于为自己辩解，误解总有一天会被抛到九霄云外。

突破常规思维的收获

昨天，我与朋友交流，有人谈道："大数据、云计算和人工智能将会颠覆人们的生活。"当场有人进行反驳，什么伦理道德，什么离我们太远，搬出一大堆理由，反正心里对这些新事物很有抵触。这些事，乡下的老年朋友更反感。

人喜欢念旧、怀旧，是可以理解的。

因为旧的东西也有好的，有些也是有它存在的必要的。但是，脑子里一直储存着旧的东西，拒绝接受新的事物，那就太古板了。

我认为，人活着，是需要适时改变思维的。智慧生活对年轻人来说是方便，对老年人来说，或许会带来不习惯和某些困惑。但这是没有办法的，任何人都无法抗拒大趋势。

一个人守旧的思维太强大，习惯思维是很难突破的。

具有习惯思维的人，可能跟自己的性格有关；可能跟自己的生活环境有关；也可能就是脑子一根筋，不知道去变通，坚持一条道走到黑。

有时候，我们遇到了困难，左思右想找不到办法，如果变换一种思路，打开自己无边界的思维，不固守于现有的思路和现有的方法，敢于打破常规，也许就能找到自己想要的答案。

当我们打破旧思维，再将自己的思路重新组装的时候，结果一定是一派好风光。

有这样一个故事。一天，一位专家不小心打碎了一个花瓶。但是，他没有陷入沮丧，而是细心地收集起满地的碎片。他把这些碎片按大小分类称出重量，结果发现：10～100克的最少，1～10克的稍多，0.1～1克和0.1克以下的最多。同时，他还发现，这些碎片的重量之间，存在着一种很有趣的倍数关系，即较大块的重量是中等块重量的16倍；中等块的重量是小块重量的16倍；小块的重量是小碎片重量的16倍……由此，他发现了"碎花瓶理论"。这个理论给考古学和天体研究等工作带来了意想不到的效率。因为，它可以用来帮助人们恢复文物、陨石等不知其原貌的物体。这个人，就是大名鼎鼎的丹麦物理学家雅各布·博尔。

旧思维一旦被打破，呈现在人们面前的，往往就是金光闪闪的前景。有一个故事说，一个土豪，每次出门都担心家中被盗，想买只狼狗拴在门前护院，但又不想雇人喂狗，嫌浪费银两，苦思良久后终得一法：每次出门前把无线局域网修改成无密码，然后放心出门。每次回来都能看到十几个人捧着手机蹲在自家门口，从此无忧。

打破了常规思维，就是另一种景象：护院，不一定买狗。互联网时代，处处都要打破传统思维。

在我们的现实生活中，总是被耳熟能详、理所当然、循规蹈矩、固定化、模式化的事物充斥着，这些使自己逐渐失去了对事物的热情和新鲜感。当自己去判断一件事情该如何去做的时候，经验就从自己的脑海中跳了出来，成了判断事物的唯一标准，存在的一切似乎都变成了合理。在这样的情景中，自己也就渐渐丧失了原本拥有的创造力和想象力。

人往往年纪越大，生活经验积累越多，就越变得保守，形成了固定的思维模式，难以自我超越。

人老了不可怕，但要坚持一辈子学习，通过学习新的知识，让自己的头脑吐故纳新，拒绝思维定式的困锁，在面对任何一个问题时，开阔新思路，拓展新视野，就能找到解决新问题的办法。老用同一种方法去解决问题，思维就会萎缩、僵化。当用老方法解决不了问题时，也许自己会陷入慌乱。在日常的生活中，突破自身的常规思维，拿出新奇的方法和招数，虽然没有习惯成自然的便利，但也许会收到意想不到的效果。

有序的生活，是人生的自在

今天是国庆节，国庆节是个好日子。

国庆节办喜事的人家很多。今天我也要参加一个亲戚孩子的婚礼。昨天晚上 8 点多，我收到亲戚群里的一份计划表，表上明确写着几点几分做什么，地点在哪儿，有哪些人参加等，行程从早上 6 点多排到晚上 10 点多。

这不是一个简单的安排，而是他们内心的从容，是内心的秩序感。人的生活需要有秩序感，这样做事就不会忙乱，有规有序。

好的秩序感，也不是偶尔就能形成的，这是内心具有定力与好的行为习惯才形成的。遇上再大的事，再多的人，都会先确定一个标准，然后有秩序地执行和完成。这种生活习惯，对人对己都有好处。

但是，人深陷在负面情绪困扰和外部环境压力的情况下，完全做到有序也很难，我有时候也很难做到。我有时候想要写一篇东西，突然接到一个电话，自己的思绪就乱了，无法静气凝神，后面越想写，越写不出来，甚至一度产生不想再写的念头。但如果在有规律的时间里阅读、思考和写作，情形就大不一样。比如，我常常早上写微博，回想某些事，专注于内心的感受，在没有别人打扰的情况下，很快就写出来了。

人能够在忙乱、慌张、情绪低落和局面失控的时候，保持内心的秩序感，这才是能力和水平。我达不到这样的境界，有时难以抚平焦虑、清除杂念，安心做事。这还是自己的内心缺少一种力量。

在我们的生活中有两类人，一类人做事有条不紊，每次都能不急不慢完成任务；而另一类人，一遇到事情多、烦琐就着急，结果越急越乱，把事情搞得一团糟。

有些工作本来今天是可以完成的，但是缺少循序渐进的思想准备，尤其是一些时间紧、压力大的工作，思想上一松懈，就被拖延到了明天。

有些容易做成的小事，不通过有节奏、有规律的重复，也往往做不成。因为少了内心的平静，没有办法重新回到生活的轨道，厘清思路、找到方向、保持前行。

有些工作本来是有明确的计划、有步骤、有纪律、有方向的，但是正因为知道自己在做什么、目标是什么，所以感到乏味，无法调动自己内心的能量去完成任务。

本来应该每日顺手打扫房间，将物品随手归位，因自己一天天偷懒，以致房间日渐脏乱令人崩溃；有时候制定了健康养生的计划，可时间不长，因自己一天天的放纵，计划就被冲得七零八落，无法找回生活的节奏。

有规律、有序生活的人，基本上是一个成熟的人。但如果只是急功近利，每时每刻都只是想着自己要做的事，也可能生活就会显得无序，生活就会失衡。

我很尊敬有序生活的人，这些人也许社会地位并不显赫，但是，能把生活过得有滋有味；他们通常在生活上也不散漫、不疏懒、不急躁、不骄傲，因为懂得自重自持，所以才不容易被外物、外力所裹挟和操控；他们能够控制自己的行为，掌控自己的人生，按照自己内心的节奏从容生活；他们健康规律有序的生活，远比那些看起来繁华绚烂的人生来得更持久有力；安定有序的生活，是人们所需要的真正的生活，也是人生成熟的开始。

有一位孩子的家长说得好，拥有一个有序的人生，从让孩子自己收拾玩具开始。小孩子擅长破坏秩序是出了名的，有了宝宝的家里总是惊人地相似：玩具到处都是，家里乱乱的。让孩子参与收拾玩具，教他做的不仅是整理，而是在学习如何从一团糟里整理出头绪。"有条不紊"不是天生的，只不过有的人很早就学会了如何对一团糟进行"整理"，收拾玩具就是最初的启蒙课。

美国的卡耐基在处理事务的时间里，有一位公司的老板去拜访他，看到卡耐基干净整洁的办公桌感到很惊讶，他问卡耐基："卡耐基先生，你没处理的信件放到哪了呢？"卡耐基说："我没处理的信件都处理完了。"

"那你今天没干的事情又推给谁了呢？"老板紧追着问。"我所有的事情都处理完了。"卡耐基微笑着回答。

看着这位公司老板困惑的神态，卡耐基解释说："原因很简单，我知道我所要处理的事情很多，但我的精力有限，一次只能处理一件事情。于是，我就按照所要处理的事情的重要性，列一个顺序表，然后就一件一件地处理。结果，完了。"说到这儿，卡耐基双手一摊，耸了耸肩膀。

"噢，我明白了，谢谢你，卡耐基先生。"

几周以后，这位公司的老板请卡耐基参观其宽敞的办公室，对卡耐基说："卡耐基先生，感谢你教给我处理事务的方法。过去，在我宽大的办公室里，我要处理的文件、信件等，都是堆得和小山一样，一张桌子不够，就用三张桌子。自从用了你说的法子以后，情况好多了，瞧，再也没有没处理完的事情了。"

这位公司的老板，就这样找到了处理事情的方法，几年以后，他成为美国社会成功人士中的佼佼者。

我们为了个人事业的发展，也一定要根据事情的轻重缓急，制定出一个事务表来。我们可以每天早上制定一个先后表，然后再制定一个进度表，就会更有利于我们向自己的目标前进了。

我熟悉的一位老板就是这样。他第一天晚上，就排出了第二天要做的几十件事情，哪怕是一个电话，都要写在计划表上，做一件，勾一件，有条不紊，效率还高，难怪他管理几十家公司，还能常常抽出时间来看书。

这样的生活是有序的。有序的生活，才是生命的大自在。

无愧良心

昨天,一位村里的朋友很生气地跟我说了一件事情,这件事情虽然已经过去几十年了,但他一直记得很清楚。事情是有一个人明明自己犯了错,却偏偏要栽赃于他!对方还找了个亲戚出来证明,而那个亲戚昧着良心,竟然把白的说成黑的,让我朋友背了几十年的黑锅。

昧着良心为自己的亲戚做不公正证明的人,就是缺少了做人的底线。

做人要有良心,这是做人的底线。人要做到"富贵不能淫,贫贱不能移,威武不能屈"。不能做损人利己,甚至是损人不利己的事。但是现在,做损人不利己的事的人太多太多了。

做人,白的,就是白的;黑的,就是黑的。一个正直的人,有良心的人,都会这样。不能因为人情亲疏,就把错的说成对的,人要有公正之心,做事要做公平之事。

儿时,我的父亲就教导说:"人的良心不能被狗偷吃了。"意思是说,做人一定要有良心,丢什么也不能丢了良心。否则,丢掉了这条"底线",就必然会把自己送入失败的人生"黑洞",为天下人所不齿。

为人处世不能愧对天地,愧对自己的良心,做人必须光明磊落,问心无愧。

在现实生活中,我们也经常听到有人指责别人丧尽天良,也就是没有天理、没有良心。

有的人不尽人子之道,弃父母于不顾;有的人辜负朋友恩义,出卖朋友;有的人不知道感恩图报,觉得别人为自己的付出是理所当然;有的人明明是自己做了错事，却嫁祸于他人；有的人明知道对自己有恩的人遇到了困难却无动于衷；有的人轻信小人的挑拨而伤害深爱自己的人；有的人明明自己做了昧良心的事情，还恬不知耻地指责别人；等等。这些人都是缺乏做人的底线，缺少良心的。

  人之初，性本善。其实，每个人都是有良心的，之所以没有做符合良心的事，是因为他们没有认识到良心是知恩图报的感恩，是关爱他人的仁爱，是忠贞爱国的真情。

  古时候有个书生，他寒窗苦读数十载。有一天，他上京赴考。走到城外的小镇，盘缠已尽。天渐渐入黑，不远处的一家客栈高高地挂着灯笼。

  书生刚到客栈门口，掌柜看到他一身破旧的衣服，便轻蔑地说："中等房2个铜钱一晚，1人睡；下等房1个铜钱一晚，4人睡，现在只剩下2张床铺了。看你的样子是租不起上等房了。"

  书生摸摸身上的钱袋，轻飘飘的，看了看，里面只有3个铜钱了，还有3天才可以进考场。于是，他哀求掌柜："掌柜，我盘缠已尽，实在是无路可走，如果都用来住店，我以后的日子怎么过啊！"

  掌柜见他不肯出钱，便命小二把他轰出去了。

  书生在小镇上溜达了一圈，发现只有这么一家客栈了，他拖着疲惫不堪的身体回到客栈，愿意出1个铜钱租下等房一晚。但这时的掌柜却说："现在的下等房已经租光了，想睡的话，留下1个铜钱去马房过一晚吧！"书生迫于无奈，只好在马房过了一晚。

  另日早上，有一县官与其下人在马房一同取马。发现书生在马房里刚睡醒，便问他一二。书生把整件事详细地告知县官，县官留下了一锭银子给书生，便来到客栈大厅，并题了一个"恳"字给掌柜。自此以后，掌柜就凭这个字而客人云集。

  1个月后，科举放榜了，昔日那位穷书生竟考中了探花，他被任命回乡暂代一个县官时，又路过了那一家客栈，他看到那个金灿灿的"恳"字时，不禁哈哈大笑。

他问掌柜知道不知道这个恳字是何意时，早已不认得他的掌柜脱口而出："此乃诚恳也。"

书生大笑："非也，非也。此为良心少一点。"

掌柜想了一想："良字加心字少一点不就是'恳'字吗？原来当时的县官是在讽刺自己。"

这时全场民众都大笑起来，此时无地自容的掌柜早已躲回客栈中去了。

曾国藩说："人无一内愧之事，则天君泰然。此心常快足宽平，是人生第一自强之道，第一寻乐之方，守身之先务也。"一个人应该时时审查自己的良心，做每件事、说每句话都要扪心自问，看看是否伤害了别人。

良心是善良之心、仁义之心。人也难免犯错误。做错了事情不要紧，但做错了，要有惭愧之心，要肯认错、懂得感恩。千万不能昧着良心做人做事，不要等到事后再来追悔，事后想到，早知今日，何必当初，那就晚了。

不认真地年轻，就会糊涂地老去

2017年，只剩四40多天就要结束了。

时间不饶人，时间也不等人，我们现在过的每一天，都是余生里最年轻的一天。

一晃，离开老家几十年了。喊我小李的人越来越少了，喊我老李的人却越来越多了。

人长大了，特别是人老了，会感到时间过得很快。虽然自己一大把年纪，每个人都可以说出一大堆自己儿时幼稚的故事，几十年前的事情好像就在眼前，但看看自己，确实已经老了。

我还有很多事情没有做完，还有很多心愿没有实现，总觉得时间不够用，我对这世界，对家人、亲人有很多的不舍。

这种感觉对年轻人来说，是体会不到的，因为他们还有大把的时间可以挥霍。每个人都年轻过，到了我这个年龄，才发现岁月是经不起晃悠的。

年轻时，谁都疯狂过，甚至认为自己坚强到刀枪不入。人有时候很木讷，错过了无数个日出和夕阳，许多机会和自己擦肩而过，自己却一点感觉都没有；还来不及和自己说声对不起，就已糊里糊涂地老去。

人活着，就是旅途的开始，在来不及回味时，就会发现生命在走远；有些机会绝无仅有，也许上天只给自己一次机会，自己却没有充分地准备，导致这个机会稍纵即逝。

认真年轻的人，一定会有光明的未来。

爱迪生是世界闻名的发明家。他是美国人，小时候因为家里穷，只上了

3个月的学，十一二岁就开始卖报。他热爱科学，常常把钱节省下来，买科学书报和化学药品。他做实验的器具，是从垃圾堆里捡来的一些瓶瓶罐罐。

　　爱迪生12岁的时候，在火车上卖报。火车上有一节给吸烟乘客设置的专用车厢，车长同意他在那里占用一个角落。他把化学药品和瓶瓶罐罐都搬到那里，每天卖完报，就开始做各种有趣的实验。

　　有一次，火车开动的时候猛地一震，把一瓶白磷震倒了，白磷一遇到空气，马上燃烧起来。许多人赶来和爱迪生一起把火扑灭了。车长气极了，把爱迪生做实验的东西全扔出车厢，还狠狠地打了他一个耳光，把他的一只耳朵打聋了。

　　爱迪生钻研科学的决心没有动摇，他省吃俭用，重新做起化学实验来。

　　有一次，硫酸烧毁了他的衣服；还有一次，硝酸差一点弄瞎了他的眼睛。

　　他没有被危险吓倒，还是坚持做实验。

　　爱迪生试制电灯，为了找到一种价钱便宜、使用时间长的灯丝，不知做了多少次实验。他常常在实验室里一连工作几十个小时，实在太累了，就躺在实验台上睡一会儿。通过他不懈地努力，终于找到了合适的灯丝，发明了电灯。后来，爱迪生又发明了有声电影、留声机。他一生的发明有1000多种。

　　爱迪生将他毕生的精力都用在造福全人类的伟大事业上，而在个人生活方面，从不过多讲究。

　　当他还是没出名的穷小伙子时，有一天，他在纽约大街上遇到一位朋友，朋友说："瞧你身上这件大衣，已经破成这个样子了，你该给自己买一件新大衣啦！""用得着吗？在纽约没有人认识我。"爱迪生毫不在乎地回答。

　　几年过去了，爱迪生成了大发明家。有一次，他又在纽约大街上遇到了那个朋友，"哎呀呀，爱迪生先生！"那位朋友惊叫起来，"这回呀，你无论如何也要换一件新大衣了！"

"用得着吗？"爱迪生还是毫不在乎地回答，"在这里，人们都已经认识我了。"

当然，科学家是伟大的，但也不可能每个人都成为科学家。但他们从小立志，认真钻研的精神是值得我们学习的。

三毛曾写下让人感慨不已的一句话："我来不及认真地年轻，待明白过来时，只能选择认真地老去。"有时候不是时光辜负了我们，而是我们辜负了时光。

谁都希望自己停滞在青春时代，不要很快地老去。但是，我们需要重新审视当下是不是自己想要过的生活。青春易逝，时光容不得半点停留。

几年前，我的一位老领导患了重病，我去医院看望他。他给我说了很多语重心长的话，说了我们之间的友谊，也反观了自己的人生，因为世界给他的时间不多了，这个时候他想得特别多，许多事情就像过电影般在他的脑海中播放，有许多值得珍藏的记忆，也有一些是自己未完成的遗憾。讲到激动处，他忍不住流下激动的泪水。

我跟老领导说："您不要难过，我们每个人都会老的，也都会有遗憾。我也一样，年轻时也有一些没有认真对待过的事，也做过不少的傻事、蠢事，自己的努力也远远不够，所以自己生活过得很普通。为了少些遗憾，我也想利用余生多学一些，可有时候感觉力不从心。这些教训应该让后人记取。"

所以，人的一生是需要辛勤付出的，付出的过程是辛苦的，但当自己的付出获得结果时，也是幸福的。努力到无能为力，拼搏到感动自己，才对得起自己，对得起父母、子女，对得起工作，对得起社会。

我们出身卑微没有关系，这并不阻碍自身的成长。人生不怕起点低，就怕没追求；不怕万人阻挡，就怕自己投降。别到了最后，一生碌碌无为，再去遗憾，那就晚了。

平凡可贵，说的不是平庸，不勤奋的人摆脱不了现状。每个人的故事都是靠自己创作，别人成功的故事复制不了。人选择上进，总是没有错的。

关爱父母

现在，我回老家乡下，见到五六十岁的人越来越少了，他们多数去了城里，去帮助在城里工作的子女做家务，承担起抚育孙辈们的任务。他们原以为，自己的子女结婚生子，任务就算完成，可以享享清福了。谁知比原来上班时的任务更重了，又要给第三代当"奴隶"，弄不好还要遭受白眼。然而，这种情况，子女们毫无感觉，认为大家都这样，甚至觉得是理所当然的。

我在乡下还看到，儿女们自己盖了别墅，装修得富丽堂皇，而他们的父辈们仍然住在几十年前的小屋里，有人还找出理由，他们的生活习惯不一样。

对社会来说，弱者是索取少、奉献多的一群人；而对孩子来说，父母也属于索取少、奉献多的人。当孩子长大后，父母逐渐老去，成为弱者。有人在单位里侃侃而谈，要关爱弱势群体，殊不知，你家里的父母就是弱势群体。一个不尊重穷人的人，往往不知道孝顺自己的父母。

村里有一户人家，儿子有出息了，据说年薪都在50万上下。有一天，他儿子回家，看到70多岁的父亲在责任田里干得汗流浃背，便说："您这么大年纪了，何必这么辛苦呢，您如果没有钱用，就打电话给我。"我问他的父亲："你准备什么时候打这个电话？是你打还是你的老婆打？"他摇摇头说："儿子能说这样的话，就算孝顺的啦，很多儿女连这样的话也不肯说啊。不到万不得已，自己不能动弹的时候，打死我们也不会打这个电话的。"所以，他还是照样种田，照样勤俭过日子。

还有一户人家、父亲都已经85岁了，照样起早贪黑在田里劳动。他家有3个儿子，2个女儿，儿女们家家条件都不错。儿女经常给父母说，你们不要再种田了，年纪这么大了，为什么还要种别人丢下来的田呢？邻居们都觉得这些儿女说得有道理，都认为这位父亲是个老顽固。可是，谁又知道他心中的苦呢，他给自己的妹妹说了真话："都说不要让我再种田了，可我靠什么吃啊，他们一年到头都不给一分钱。好话能当饭吃吗？"

父母生儿女，要养儿女，过去养到18岁，儿女自己就飞了，不管父亲、母亲。现在儿女30岁，还要父母去照顾他们的子女。啃老族赋闲在家的也不少，真的让人很难理解。

等父亲、母亲老了，到养老院去，虽然说国家会给一定的补助，也有吃有住、但是一天到晚很少有亲情，有的成年见不到儿女的身影，更有甚者，过年都不去看他们一眼。

我去了镇上托底的敬老院，虽说这家敬老院条件还不错，但我看到老人们在那儿孤零零的，过着度日如年的日子，心里酸酸的。

我们老家如东县，是全国计划生育的红旗单位，老年人的比例特别巨大。尤其是只生一胎的父母，更是弱势群体中的弱势，这一批老人中，有的现在还能自己下地干活。可是将来怎么办？每当想起这些，这批老人虽然嘴上说"没有事的，我们会去养老院"，说是这么说，但心里还是拔凉拔凉的。

过去说，"可怜天下父母心"。现在要是能换上一句，"可怜天下子女心"就好了。要是自己的子女能照顾好家里的弱势群体，孝敬父母，照顾父母，让养儿防老成为现实，这是最好的，也能令父母产生极大的安慰。

父母值得你更多的爱

有人对一个年轻人提出这样的批评:"看看你对待领导那劲头,你什么时候能拿出一半来对待父亲呀?"这句话让我思考了许多。

当然,我们尊重领导,和同事好好相处,是应该的。

但是,能拿出对领导劲头的一半对待父母,这个要求虽然并不高,但是,要做到也不那么容易。

我老家有一个年轻人,在城里创业赚了钱,回家盖起大别墅。这本来是一件大好事,可他的父母亲怎么也高兴不起来。

他的母亲问他父亲:"儿子盖了这么多的大房子,今后我们住哪儿?"他父亲说:"儿子会安排的吧。"

可他母亲说:"我们还是借点钱,自己盖两间小屋吧!"他父亲说:"我们哪来的钱啊?"

他母亲说:"没有钱,我们可以去借。"

他父亲说:"我们这么大年纪了,谁愿意借给我们钱?我们的能力越来越差了,什么时候能还上借来的钱?"

后来,我把这段话转告给了这个年轻人。他跟我说,没事的,等大房子盖完了,一定会帮父母盖两间小屋。我听了心里好受了些。

这个世界上,父母是唯一可以不顾一切帮助儿女、为儿女全心全意着想的人。父母的爱也是世界上最无私的爱,儿女是父母一生的牵挂。当父母的,不仅生儿育女含辛茹苦,许多人到了养老的年龄,还要承担起抚育第三代的任务。父母不会去问子女赚了多少钱,他们自己要是没有钱用,即使是深夜躲在被窝里偷偷地哭，也不会轻易向子女开口和伸手。

如果有一天，生你养你的两个人都走了。这世间唯一与你有着最亲密血缘关系的人都不在了，那时候没有人喊你的乳名了，没有人再为你操心了；也没有人在电话的另一头跟你说，家里留了你最爱吃的东西，你什么时候能回家呀；更没有人跟你说，你在外面生活也不容易，不要给我们买礼物，家里什么都不缺，你能回来看看我们，我们就很满足了。

可是，父母亲说了那么多，最后还是回了两个字："忙啊！"只能让在家的父母站在村口望眼欲穿地空等。

如果你失去了朋友，还可以再找。可是，每个人的父母亲只有一个。

他们在世的时候要对他们好一点。你不要等到回忆父母的一点一滴的时候再去泪流满面，等到在父母的坟前哭得肝肠寸断，这没有什么用。抽空常回家看看，看看爸爸妈妈，看看爷爷奶奶和外公外婆，这是在失去他们后，对自己最大的慰籍。

享受平凡

老家有一个朋友的孩子,职业高中毕业以后,几年了也没有找到工作。我给他介绍了一个单位上班,每天朝九晚五的工作,让他有点不适应。

他感到有许多生存和社交的压力,很难能完全摆脱人情世故的枷锁。过着日复一日、索然无味的生活,似乎很难找到属于自己的精神世界,每天回到家想看一会儿书,也被疲惫的身躯拖累得看不下去。枯燥无味的生活,甚至让他怀疑自己的生活好像没有什么意义,在芜杂的生活中,似乎很难找到自己的乐趣。

汪曾祺说:"人活着,就得有点兴致。"写字、画画、做饭,明明是最普通的日常,他却深得其乐。

他经历了人世的复杂,却天真得像个孩子,贪吃、贪唱、贪看、贪玩,对生活充满兴趣。不管在什么环境下,他永远不消沉,无心机,少俗虑。编剧史航说:"这世间可爱的老头儿很多,但可爱成汪曾祺这样的,却不常见。"

凡人琐事、市井人生、旅行见闻、一草一木、一茶一饭、一人一事,在汪曾祺的笔下散发着温暖的快乐和不凡的趣味。他的文字告诉我们:慢点走,欣赏你自己;慢点走,品品茶、喝喝酒、听听曲、写写字。人生少忧虑,存一点童心,生活才好玩。

有人说,自己也不算年轻了,已经结婚生孩子了,可是自己的日子过成了一团糨糊,拖拖拉拉,日复一日,吃喝拉撒,柴米油盐,每个日子都成了一个模样,十足的烟火气里,内心渐渐升腾起一些落寞。过这样的日子,总是提不起精神。

　　他平时也喜爱读一点书，渐渐地他在书中找到了乐趣。"人类一思考，上帝就发笑。"他曾经害怕这毫无新鲜感的生活，害怕失去自我，后来他终于悟到了，让这平凡的日子有趣一些，可以减缓心灵的衰老。

　　想想自己，也不是一点没有成长，至少是一个孩子的爸爸，一个单位的职员，也有几个能说上话的朋友，有时就是一个人待着，想想也有自己高兴的时候，平凡的日子照样过得有趣。即便是人家过得好，也没有必要嫉妒，放过了自己，就能在自己平凡的生活中找到一些乐趣。

　　我们每个人的心灵都有各种各样的创伤，但不管怎么样，我们还是要活下去，而且要快乐地活着。活着，就是美的，是诗意的。

　　自己辛苦了，累了，可以坐下来歇一会儿，喝一杯不凉不烫的清茶。不纠结、少俗虑，随遇而安，以一颗初心，安静地慢煮生活。

　　我们大部分人过的都是市井生活，平平淡淡的人生，生活在人群的最底层，普通的老百姓生活，虽然默默无闻地活着，但也可以让自己过得有趣一些。

　　虽然生活简单一些，但可以把简单的生活变得丰富，哪怕是简单的改进，也可以增添一些情趣。过日子不可能每天都是轰轰烈烈的，我们需要学会把平凡的每一天都过得新鲜而有趣。

　　有一位家住本村的青年告诉我，他的爸爸妈妈在乡下生活虽然不精致，但却有一份相互的信任；虽然家里并不富裕，但却有一份随意；虽然偶尔也会有怨言，但却依然有牵挂；虽然也有一些争吵，却有一种不离不弃的守护。这样的磕磕绊绊，风雨中他们走过了40多年，彼此间有一种默契。有时候一个简单的眼神，就会知道对方想说什么。生活就是不断重复相同的事情，每天为生计、家庭忙碌奔波。他的爸爸每天到外面去打零工，虽然很辛苦，也挣不了几个钱，但回到家里同样能感受到一份舒心的温暖：也许是一句简单的问候，一顿热乎乎的饭菜，一个幸福的微笑，一天的疲惫都被化解了，有时也会把在打工中遇到的有趣的段子说给他的妈妈听，听着听着，全家都笑得合不拢嘴。

简单且有温情的日子，会让人有一份平和的心境，无忧无虑地生活，放任自己的随性，这也是乐趣。

我们来到这个世界，并不是与世界作对的。这个世界也不欠我们什么，既然来到了这个世界，每个人都要干一点自己的事业。干事业必然会遇到这样或那样的问题，既不必消极隐遁，更不要黏滞沉迷，这样我们就会觉得生活在优容博大的天地之间，能有余情去欣赏这多彩多姿的世界。对生活有一种感激之心，就不会产生怨天尤人的苦恼了。

现在，我老家乡下人的生活，都比以前过得好多了，至少是吃穿不用愁了，但是，贫富悬殊还是大的。有的人家很富裕，而有的人家相对清贫一些。但是，富裕的人家有的虽然经济条件好，但是生活并不快乐，他们的欲望太多，烦恼也很多。而有的相对清贫一些的人家，农忙劳作，农闲时打打牌，晚上吃点花生米、咸菜，或者再炒两个小菜，喝点自己酿的米酒，有时喝得酩酊大醉，一觉睡到大天亮，醒来又精神抖擞地到地里去干活了。他们很快乐、很满足，把平平淡淡的日子过得有滋有味。

把平淡的日子过得有滋有味，也不是说自己没有一点失意，而是不愿把自己的不如意随便向别人诉说，是用乐观的态度对待生活。人的许多烦恼都是自找的。要善于给自己创造快乐，有烦恼能忘掉就忘掉。一天到晚愁眉苦脸，也不会有人把快乐送给你。没有烦恼，又不自寻烦恼，人健健康康地活着，就是一种快乐。

我们虽然过着平凡的、相似的每一天，其实也都有许多不一样的地方。即便每天走同一条路，也会发生不一样的故事，遇见不一样的人。这些琐碎的细枝末节在当时看起来如此平淡无奇，但多年以后，如果我们重新拾起曾经的记忆，也许会无比感动和感慨。平凡的生活里，也有生动的细节值得回味，甚至可以珍藏起来。

寻找有趣的灵魂

儿时，我最喜欢听邻家爷爷讲故事。因为他讲的故事很搞笑、很有趣。做有趣的人，也不是很容易的。

有网友发了一个帖子说，近期有这样一个想法：自己要做一个有趣的人，寻找有趣的灵魂，一起做有趣的事。

这是一个美好的愿望。

谁都喜欢有趣的人，有趣的灵魂，有趣的事。

我也很讨厌那种每天板着脸、心事重重，好像谁欠他300万的人。人能不能活得简单一些，活得开心一些，有趣一些，这不仅是一种态度，更是一种能力。

我们每个人都是一座孤岛，人也像树一样，最茁壮的时候拼命地在春风里招摇，活的年头太久了，还在拼死拼活地奋斗着。我们不要等到身躯苍老变成朽木，直到最后被雷电劈成焦炭。我们可以寻找自己的活法，有趣地活着。

人活着的时候，不要想太多。不要去想别人对自己是否忠诚，别人会不会信任自己，这里面究竟有什么阴谋。而是要更多地想到自己的梦想，想到身边的阳光，想到环境的温暖，想到自己在春天里的成长。不同的想法，会有不同的结果。少一些自己吓唬自己，多一点对美好的想象，也许能找到美丽的灵魂，做一个阳光而有趣的人。

做一个有趣的人，当然也不是一天到晚只说一些搞笑的话，而是能活出与别人不一样的生活。

做一个有趣的人，也不是比别人过着更优越的物质生活，而是在精神世界比别人有更多的满足，有些人虽然物质条件并不宽裕，但无忧无虑，没心没肺地活着，让人羡慕。

做一个有趣的人，也不是和什么人都去交朋友，和三观一致的人做朋友，我看重的不是物质上的相互支持，更多的是能产生精神上的共鸣，在纷杂的世界中活出自己的味道。因为人往往不缺朋友，缺少的是知心朋友。

做一个有趣的人，有时候虽然疯狂，但自己心中有定力，竭尽努力，做自己喜欢做的事，打造自己有趣的灵魂，在条件成熟的时候，也许会遇上另一个有趣的灵魂，从而使自己的生活不再孤独。

王尔德曾说："这个世界上好看的脸蛋太多，有趣的灵魂太少。"如果你碰到一个有趣的人，请一定要珍惜。

因为退休了，我和一些朋友喝茶聊天，漫无边际地闲聊，一坐就是几个小时，双方没有功利的诉求，心里却有一种莫名的高兴，因为遇到了一些有趣的人，一些思维和自己在同一个频道的人。

思维和自己在同一个频道，你不需要说太多的话，他很快就会明白你的意思。双方会节省很多的时间，再去讨论下一个议题。和有趣的人在一起，总是心有灵犀一点通，没有必要拐弯抹角，也不需要挖空心思地去猜测，可以打开心扉说话，心情舒畅地相处，这是人生的可贵。

有趣的人就像太阳，他们自带光芒。

和他们相处，会激发体内那个有趣的自己。他们常常会刷新自我的感受，培养自己更加敏锐的洞察力，让自己看到更多的美和自由。和这样的人相处，不需要美味佳肴，可饮风霜，可润喉，能让自己有丰盛的精神享受。

有趣的人会让我们感到舒服。适合我们的人，也许就是我们需要寻找的另一半灵魂。

"无厘头"

乡下有一个朋友跟我说，他这个人，经常摸不着自己的后脑勺，非常"无厘头"。

什么是"无厘头"？"无厘头"究竟好不好？一段时间内，我没有搞懂。

一开始，我还认为，"无厘头"是杂乱无章地做事情。其实，完全不是这回事。

"无厘头"这个词，源自广东话的俚语、俗话。我这个朋友从老家去广东打工的年份多了，也学会了这句话。

早先"无厘头"的意思是一个人做事、说话都不合常理，不按规律，令人难以理解，其语言和行为没有明确的目的，粗俗随意，莫名其妙。

到了20世纪90年代，"无厘头"却变成一种喜剧电影的专有名词，在"无厘头"的电影当中，人们可以看到及时行乐、无深度表演、破坏秩序、离析正统等表现。这样的电影把很多无厘头和搞笑的元素收集在一起，给人们带来了欢乐。

"无厘头"并不完全是坏的行为和语言，"无厘头"的语言或行为，实质上有着深刻的社会内涵，它透过其嬉戏、调侃、玩世不恭的表象，直接触及事物的本质。

像我这样生活在社会底层的人，必然要面对各种艰难与困境，在无奈感与无力感中，我唯一能做的事，就是自嘲和自我安慰，用乐观的态度笑看人生。这样说来，我有时候也有些"无厘头"的表现，也会常常娱乐自己。

生活中有些事情是可以轻松应对的，有些事情却令我们很烦恼。如果我们错失或忽略一些事情的背景，也许会遗漏了一些重要的东西。在"无厘头"的故事里，我们看了常常会笑出声，但笑过之后，就会有一种完全代入这个角色的焦虑感，这是认真思考的结果。

"无厘头"的表现在让我们大笑的同时，还教会了我们如何释怀，教会我们如何经得起挫折、耐得住打击。正如一位哲人所说："在山下不灰心，在山巅不失态，在泥沼中不抱怨，在乱花中不迷路，能从容、淡定地对待成败得失。"持有这种态度，我们也可以让一切不愉快都在没心没肺的笑声中化为乌有。

发现了自己的"无厘头"，只要认真想下去，总会有收获的，思考态度、思考方法，往往比思考起点更重要。

看过"无厘头"的现象之后，我们最需要的，是洞察事物的本质。任何人都不是一个单一的个体，任何人都应走进社会，而走进社会就必然会接触形形色色、林林总总的事物。在这些事物前，唯有理性思考，才能不"一失足成千古恨"；唯有客观处世，才能得出最正确的结论；唯有透过现象看本质，才能在自己的领域如鱼得水。

电影《教父》中有一句很著名的台词："一秒钟内看透本质的人和花半辈子也看不清一件事本质的人，命运必然截然不同。"

那些能够透过纷繁芜杂的表象看穿事物本质的人，绝对是生活中的智者。而那些糊涂混沌，不能看清事物本质的人，即使在日常生活中，也是同样痛苦不堪的。

"无厘头"是一种智慧，人生不如意十之八九，只有具备"无厘头"精神的人，才能够缓解自己的负面情绪，去掉偏见，一步步接近事物本身，直至对事物的本质达成清楚明晰的认识。

渴 望

人都会有渴望。饿了，渴望能吃饱；贫困家庭的孩子，渴望能上学；爱学习的人，渴望能成为科学家。渴望，决定了自己人生的态度和行为。有了渴望，在生命之旅中就有了一盏明灯，让自己生命的每一步都熠熠生辉。有了渴望，就有自己坚守人生的意念，支撑着自己步步为营。

从某种意义上说，渴望也是自己的生命之魂。我认识的许多年轻人，在各个领域的都有：应用大数据、云计算、人工智能、区块链和 5G 技术等，创新创业，做得风生水起。正是出于对梦想的渴望，使他们意气风发、斗志昂扬！

现在人对物质生活的渴望，也不能理解为这样选择生活的人就是贪婪，因为每个人选择生活的方式不同。站在不同角度，去想，去看，体现出来的意义就不一样，当然，我们也不要被现实冲昏了头脑。

人的渴望和梦想，就是会激发自己不断地思考、行动、进步。有渴望和梦想，又有坚持不懈的行动，就会让自己的今天与昨天不同，明天与今天也不同。

有的人渴望是正面的，也有的人渴望是负面的。他们总是渴望自己幸福美满，却渴望别人穷困潦倒。

在乡下，我会经常听到这样的事情。这也许是人性里最可怕的东西，它会将纯洁和善良变成冷漠和虚伪；有人见不得别人比自己好，就挖空心思地去破坏别人的幸福，去摧毁别人的人生，诱导其他人用流言蜚语中伤曾经对自己无比重要的人。你有钱了，他们嫉妒；你漂亮了，她们嫉妒；你成功了，他们嫉妒。

　　我老家有一位曾经遭受过多重打击的人，活出了人生的精彩，他心里装着有定力的渴望，用自己的行动去清扫心中忧愁的枯叶，清除心中所有苦难的伤疤，清洁心中所有烦恼的淤泥，清扫心中所有恶念的积尘，带着轻盈的步伐前进。他终于成功了。

　　他住在我邻村，名叫高保国，他从小就渴望当一名作家。但他的渴望，很长一段时间只是奢望。

　　他守着幽暗的房间，像一只被囚禁在笼子里的小鸟，整天望着房间外五彩的世界。他会悄悄落泪，暗自伤心，痛恨自己身患疾病，伤感和孤独之情难以形容……

　　他12岁时，在小学五年级的一天，灾难从天而降。

　　中午从学校回家，晴天突然翻脸。狂风中乌云翻滚，被闪电撕裂成破片，发出爆炸般的雷鸣。胡乱扒了几口饭，他丢下碗就披上窸窣作响的塑料雨衣，闯入水汪汪、白茫茫的世界。在田垄趔趄着走了几步远，被撑着破伞的二姐追上去，将他拉扯回来。

　　"你看看这大雨瓢泼，等会儿雨止了再上学不迟吧？"二姐说。

　　他跨进门槛尚未站稳，可能由于心急，他的喉咙急剧作痒，千万只螃蟹乱爬一样，呼吸顿觉不畅。就在纳闷的瞬间，一股浓重的腥味涌到口腔，鲜血紧接着从口中喷溅而出——他的支气管畸形，最终导致严重的支气管疾病。

　　从此，一个品学兼优、健康开朗的阳光少年，一跤跌入"幽暗的房间"。拖着自己的病体，断断续续地读到八年级上学期，最终辍学。

　　病魔在白天是影子，在夜里是梦魇，将他一缠，就是十多年。

　　吃药、打针、输液三部曲，成为他生活不可缺少的一部分，成为他青春不可缺少的一部分，成为他生命不可缺少的一部分。

　　门前路上的中药残渣，成为伙伴们踩踏的玩物。"大食堂的贫瘠年代，在家中煎一碗药倒成了苦涩的调味剂！"高保国现在这样调侃。当年，他却悲观到了极点，甚至抑郁。

笼中的小鸟，靠什么展翅飞向蓝天？

看着脸色苍白、目光黯淡的儿子，高保国的母亲想起一个人：张海迪。这个时候讲述张海迪故事的广播剧正在播出。高保国的父亲将广播挂在床头，母亲寻来报道张海迪成长历程的报告文学《人生支柱》，供儿子收听和阅读。

张海迪5岁，便2/3躯体瘫痪，她仍然勇敢面对人生，坚持站立在时代的前列。高保国的身体比张海迪强得多！高保国体会到人活着的价值，重拾了生活的信心。以张海迪为榜样，阅读是横轴、写作是纵轴，他由此给了自己的人生一个定位。

经过多少年的煎熬，他的渴望终于变成了现实。他出版了多部报告文学作品集。如今，他已成为中国散文学会会员、中国报告文学会会员、中国作家协会会员。

渴望和梦想越大，对自己的心灵刺激越大；刺激越大，激发出的潜能也就越大；潜能越大，迸发渴望成功的动力也就越大，就更容易取得成功！永远不要为了昨天而活着，而是要为自己的未来而活着。

有时候，我们的渴望也许是疯狂的，非理性的，神经质的，但并不可怕，也许这些都是最具有创造力的。所有的创新在正常人的眼中就叫不正常。

深藏在自己内心深处最深切的渴望，许多不是逻辑性的推理，但它可以让自己创造出无法想象的奇迹。人类因为有渴望和梦想而变得伟大，因为没有渴望和梦想而变得渺小。

有时候，你渴望有一份好的事业和一个和谐的家庭，那是自己憧憬的尘世世界。有时候你渴望能写出很棒的文字，这是你追求的精神世界。有时候，你还渴望能做一个快乐坚强的人，这是你理想的自我世界。渴望能让你的小世界与周围的大世界连通，体会到世界是多么美好。

我们可以让自己的渴望变成有可能实现的梦想。有决心去实现自己的梦想，并不断地想象成功后的情景，付诸行动，走向理想的彼岸。

两种能量

人每天都能接触到一定的能量，这其中的能量无非划分为两种：一种是正能量，一种是负能量。

人怎么会每天接触那么多的负能量呢？

因为负能量能让人很快有一种挤入别人宴席贪馋的满足，表面上看，能够急切地追求到所谓的幸福，实际上，是一种短暂的幸福。

人负能量接受多了，自身的正能量必然会减少。人会变得急躁，无法安静下来；人会变得贪婪，很少考虑他人的利益；人会变得麻木，生命和精神灵魂认为是重要的东西，反而认为不重要了。

人从本质上还是喜欢有正能量的人。

正能量的人喜欢挑战，不害怕改变，敢于接受新生事物；正能量的人，看到别人的优点多，也喜欢赞赏别人；正能量的人善解人意，会从别人的立场思考问题；正能量的人总有一颗善心，能帮助人时尽量帮助；正能量的人敢于承担责任，出了问题总往自己身上揽，不朝别人身上推；正能量的人总是谦逊好学，不会不懂装懂；正能量的人即使是有着自己的私心，也不会为了个人利益去伤害别人；正能量的人善于听取别人的不同意见，不会讨厌别人的批评，相反能够接受批评，改正自己；正能量的人愿意为别人的成功鼓掌，而不会去羡慕嫉妒恨；正能量的人总是喜欢改变自己，让别人舒服，也让自己过得好。

正能量和负能量都体现在人的情绪上。

在这个快节奏的时代里，很多人看上去很忙，他们也许用忙来填补和掩盖自己的空虚，把时间切成碎片，让自己活在永不停息的躁动之中，过于看重获利和成功。有些事情让人忙得眩晕，但实际上毫无价值。追求利益的时候，忘记了一切，让自己经常置身在伪装、欺骗和竞争之中，你骗我，我骗你，有时候还自己骗自己。

　　正能量的人，就不是这样，他们不愿意让自己成为劳碌不休、贪图物欲的肉体，而会很安静地和自己待在一起，喜欢沉思，有着自己高级的趣味和教养，有着自己内心的安静。

　　正能量的人，内心有着自己的信仰。当外在势力强迫自己接受另一种信仰的时候，也许他们假装接受了，但是，内心并不放弃从前的信仰。他们有着自己的世界观和判断力，坚持做最好的自己。而负能量的人不一样，他们没有自己的信仰，别人让他信仰什么他就信仰什么，他都接受，因为他内心确实没有任何抵触。所以，负能量的人过一辈子，糊里糊涂地来到了这个世界，最终也是稀里糊涂地离开了这个世界。

　　当一个人状态不佳时，就很容易让负能量入侵，这就需要加强自我修炼，要将负能量转化为正能量，提升内在的信任、豁达、愉悦、进取等正能量，规避自私、猜疑、沮丧、消沉等负能量。

　　有些人不喜欢说正能量的道理，甚至抵触，总认为那些道理离自己的生活太远。其实不然，人和人确实是不一样的，和不一样的人在一起，就会有不一样的人生体验。我们要想改变自己的成长轨迹，就必须和正能量的人在一起。因为他们会帮助自己勤奋锻炼，让自己不会懒惰，也不会让自己消沉。学习了他们的智慧，我们也会慢慢变得不同凡响，甚至登上自己人生的巅峰。

　　人是唯一能接受暗示的动物。

　　有一个孩子跑到山上，无意间对着山谷喊了一声："喂——"声音刚落，从四面八方传来了一声声"喂——"的回声。大山答应了。

　　孩子很惊讶，又喊了一声："你是谁？"大山也回音："你是谁？"孩子喊："为什么不告诉我？"大山也说："为什么不告诉我？"

　　孩子忍不住生气了，喊道："我恨你。"他哪里知道这一喊不得了，四面八方传来的声音都是:"我恨你——我恨你……"

孩子哭着跑回家,告诉了妈妈,妈妈对孩子说:"孩子,你回去对着大山喊'我爱你',试试看结果会怎样,好吗?"

孩子又跑到山上。果然,这次孩子被包围在"我——爱——你,我——爱——你……"的回声中。孩子笑了,群山笑了。

正能量的暗示,会对人的情绪和生理状态产生良好影响,激发人的内在潜能,发挥人的超常水平,使人进取,催人奋进。与负能量的人在一起时间长了,他们会在不知不觉中偷走你的梦想,使你渐渐颓废,变得平庸。

有一位作家的文章说得好:正能量是根植于心中的一抹阳光,拥有正能量的人,他们身上有温度,能够让你忘记严寒。正能量,是一种能够面对人生一切困苦的力量,是能够化解一切矛盾和摩擦的力量,是能够带来和平与幸福的力量,是能够让世界越来越美好的力量。

他说,相对的是,世界正在惩罚负能量的人,因为他们不仅害了自己,还影响了别人。

在正能量和负能量的较量中,我们要更多地体会到这样一句话:"画眉麻雀不同嗓,金鸡乌鸦不同窝。"

我们需要在接受正能量中,体会潜移默化的力量和耳濡目染的作用。

学习做人是一辈子的事

乡下一户邻居，被儿子婚事请不请一位亲戚这件事搞得很为难。要是请吧，相互间很久没有往来了，这时候去请，人家会说，平时不往来，现在请，等于问人家要礼金；要是不请吧，对方明明心里想还省了自己几个钱，但是，对外还是要说，这么大的事也不请，明摆着是不看重自己。讨论来讨论去，总是感到，做人难，为人更难；人难做，更难做人。

难怪有人说，人活着，事情好做，人难做。在我们的身边，人难做的事好多好多。许多事我们希望能获得圆满，但现实很骨感。许多付出很甘愿，但回报很不安。

在这个世界上，无论你怎么活，总有人说长道短，无论你怎么做，总有人指手画脚。

你话多了，说你缺少内涵；你沉默了，说你故作深沉；你在乎了，说你自寻烦恼；你漠然了，说你不近人情；你认真了，说你大惊小怪；你洒脱了，说你置身事外。

最让人不能理解的是，无论你做得多好，总会有人说你不好，不管你有多正确，总有人说你不对。是是非非，错错对对，立场不同，处境不同，结论完全不同。

人心难测，知人知面不知心，掏心掏肺难掏情。这个世界上，本来就没有不被评说的事，也没有不被议论的人。

有了这样的思想准备，我们就可以活得轻松一些，想哭就哭，想笑就笑。该珍惜的，就珍惜；自己喜欢的，就眷恋；该放弃的，就放弃；该回避的，就回避。

世事无常，学会应对，我做我该做的。做人说易也不易，难称千人心，难调众人口。做人做事凭良心，只要对得起别人，对得起自己就行了。当然，做一个真正的好人，做一个对社会有用的人是很难的，做一个完人就更难了。

金无足赤，人无完人。我们是做不了完人的。世界那么复杂，我们不可能考虑得那么周全；世界上的知识无其数，学习也是没有尽头的；真理是要在实践中不断探索的，没有人敢说完全掌握了真理。

我们既然做不了完人，那倒不如做一个简单的好人。把一些复杂的事情简化了，只要做了我们认为对的事情，不与大众思想、不与现行的规则相违背，我们这些凡人，能好好做这个人，就算可以了。

反思自己，我有许多地方就不会做人，事情在发生过程中，自己完全没有感觉，后悔往往在事后才能感受到。

有些事情明明没有什么大不了，但自己还是很难看淡、看开；有些事情自己虽然是懂的，也不一定就要说出来，因为说多了，有人就会感到不舒服；自己的性格很耿直，有些话明明可以说得圆泛一些，但有时从我嘴里说出来却是方的；有人因为相互很熟悉，自己也缺少了一些必要的礼节等，我做人不到位的地方太多了。做人难，做事难，面对千难万阻，提升自我，还做得远远不够。

我认为，做人虽难，我们不做别人嘴里的人，也许就没有那么难。

有时候你很坦然，有人会朝你翻白眼；有时候你很善良，却还是被人说长道短；你洒脱一点，也许说你神经错乱；你要是安静一点，有人会说你清高自傲。你反驳了就是辩解，你沉默了就是承认。无论你过得好不好，都遭人议论；无论你做得对不对，都有人记恨。其实，这种现象不足为怪，因为世界是各色人等组成的。

世界上就有这样的人，对待这些人，唯一的办法就是不予理睬。你说你的，我活我的。

我们没有必要平众人口，更没有必要把坏话当真。良禽择木而栖，友要择诚相处。有人推心置腹对我，我就掏心掏肺对他；有人不怀好意对我，我就冷血无情远离他；人算计我，我不算计他；不理是非，才轻松快乐；不惧人言，才心安理得。

对形形色色的人，要冷静应对。我们管不了世界，但可以活在自己真实的世界里。不活在别人嘴里，就可以让自己轻松许多。

一位禅师说过："人的一生都在学做人，学习做人是一辈子的事，没有办法毕业的。"人不管从事什么行业，各色人等，只要学习就有进步。

他说到了学习怎样做人的许多道理，对我们的人生很有启发。做人，通过学习确实是可以进步的。

学习认错。人常常不肯认错，凡事都说是别人的错，认为自己才是对的，其实，不认错就是一个错。

学习柔和。人的牙齿是硬的，舌头是软的，到了人生的最后，牙齿都掉光了，舌头却不会掉。所以要柔软，人生才能长久，过硬反而吃亏。

学习忍耐。忍耐就是会处理、会化解问题，用智慧、能力让大事化小、小事化无。要生活、要生存、要生命，有了忍耐可以认清世间的好坏、善恶、是非，甚至接受它。

学习沟通。缺乏沟通，会产生是非、争执与误会。最重要的就是沟通，相互了解、相互体谅、相互帮助，大家都是龙兄虎弟，互相争执、不沟通怎么能和平。

学习放下。人生像一只皮箱，需要用的时候提起，不用的时候就把它放下，应该放下的时候，却不放下，就像拖着沉重的行李，无法自在。

学习感动。在我们的身边就有很多感动。看到朋友超越了自己，要为自己的朋友开心、感动；看到好人好事，要能感动。在几十年的岁月里，有许多事情、语言感动了我们，所以，我们也要努力想办法让别人感动。

学习生存。为了生存，要维护身体健康，身体健康不但对自己有利，也让朋友、家人放心，所以也是孝亲的行为。

活到老，学到老。做人的道理千千万，人活着一辈子都在学做人，所以没有毕业的时候。自己活一天，只要问心无愧，自有心安理得。

学习如何学习

大家都记得,我们上学时,每个教室里都挂着八个大字:"好好学习,天天向上。"这是毛主席的教导。从那时起,我们都自觉不自觉地接受了这样一个理念,人要进步就得学习。

如今,对渴望不断提升自己的人来说,这真是个好时代,各种学习形式史无前例地丰富。除了传统的书报杂志、电视电影、舞台艺术外,视频网站、音频应用、图文推送等渠道,都在源源不断地输送教育内容,就连咖啡厅等线下空间,也都有各种社团持续组织交流分享活动。学习,真的变得越来越唾手可得。

人应该怎样学习,是不是看了,就算学了?是不是听了,就算懂了?为什么明明懂得自己有很多东西要学,而学了一段时间就放弃了?为什么自己很难坚持有的放矢地深度学习?有人说,为什么读了这么多书,依旧过不好这一生?这些问题都是值得我们思考的。

同样的学习,为什么每个人的认知不一样,结果也不一样?这其中的关键原因是我们学习的方法不一样,思考的能力不一样。

成人的学习和孩子的学习是不一样的。成人更多的是二次学习。市面上有海量的书籍在介绍知识,我们重点要学习哪些,怎样跨学科地思考、解决问题?

有些系统解决问题的知识,往往是内隐的,需要我们在不断实践、思考的过程中,领悟到跨领域知识交汇的微妙之处,从而灵活地随时调用多门学科之间的知识,才能真正把一件事做成功。

曾看到网上有这样一篇帖子：你写幻灯片时，阿拉斯加的鳕鱼正跃出水面；你看报表时，梅里雪山的金丝猴刚好爬上树尖；你挤进地铁时，西藏的山鹰一直盘旋云端；你在会议中吵架时，尼泊尔的背包客一起端起酒杯坐在火堆旁。有一些穿高跟鞋走不到的路，有一些喷着香水闻不到的空气，有一些在写字楼里永远遇不见的人。

有些事情不是自己认为知道了，就真的知道了，那些也许只是自己肤浅的认识。掌握了临界知识，还要认知事物更加底层的结构与规律。否则，我们只见树木不见森林，没有办法知道事物相互之间的联系，也找不到什么规律。其结果只能是，学得再多，也没有什么用处。

每个人都希望自己多学一点知识，当然掌握一些快速学习的方法是很好的，但在强调快的时候，有时候还需要慢下来，慢下来掌握学习的方法。

当我们慢下来思考的时候，思考中也会发现错误。

考虑到如何做的时候，又会静下来，思考自己如何再学习、再思考：我为什么要去学习它，学习它有什么实质的意义，从而减少一些无谓的学习。我们需要学习的东西太多，而自己的时间往往又不够用。如果学习本身方法不对，那么，再怎么勤奋都是浪费时间。

查理·芒格在一次问答中谈如何减少错误："我和巴菲特做了两件事（去减少错误）。第一，我们花很多时间思考。我的日程安排并不满，我们坐下来不停地思考。从某种意义上说，我们更像学者而不是生意人。我总是坐下来静静地思考几个小时。我不介意在很长的时间里没有任何事情发生。巴菲特也是如此。"

较长一段时间以来，我也不断收到微信公众号学习的广告推送。当然，也不能说这种学习方法有什么不好，但它毕竟是一种快餐学习法。

刚走向社会的年轻人，趁还没有成立家庭，自己还有些弹性的时间，能进行系统的学习更好。在夜深人静的时候，坐下来认真地进行有计划地阅读，何尝不是一件好事。我们的学习不是为了弄懂几个新鲜的名词，而是为了学以致用。因为网上有些文章都是知识里的一个点，而且碍于篇幅，只能肤浅地分析一下。有条件的时候，也去听一些优秀的讲座，去当面请教一些老师和有实践经验的人，然后经过自己大脑的加工整理，再回到实践中，让知识变成自己的经验，建立起自己的知识体系，做起事情来会更加得心应手。

在学习中，我们要解决具体案例，然后收集其他相似的案例，进行不断的归纳，这样可以更好地理解新的知识。在具体情境中学习，可以经常问自己，如果这件事让我来做，我会怎么做？在学习中，可以更多地将注意力放在思考上，为什么我做事的方法那么的单一，而人家却有那么多的办法？为什么自己连一件小事都做不好，而别人却把几十家公司管理得井井有条？从而思考提高自己综合解决问题的能力，尤其是处理复杂事务的能力。学习的目的就是要能解决问题。

大家都很喜欢李笑来的理念，我也一样。学习学习再学习，第一个学习是动词，第二个学习是名词，第三个学习是动词。连起来的意思是，学习如何学习，然后再去学习。

读　书

　　我老家有一位小学教师叫刘晓军，前些年他辞职了，在海边的一片树丛里办了一个"安之书馆"，该书馆处于幽静的环境中，他似乎找到了世外桃源，在这里安心读书和写作。我曾多次去造访他。在他那里学到了很多。

　　他除了吃饭睡觉，就是读书。他跟我说，现在书读得越多，自己越感到心慌。

　　他说的心慌，我想，这不是一句过于谦虚的话。在他看来，读了很多书的人才会有这种体会，知识的海洋太浩渺了，越读越觉得自己的知识太少了，不够用。

　　他的这个体会让我受到了很大的震撼。我与他相比，差得太远了。真正心慌的应该是我。但之前自己好像没有什么感觉。

　　康奈尔大学心理学教授大卫·邓宁从一个蠢人的故事里看出了一种普遍现象，那就是最缺乏知识和技能的人反而最无法认知自己的这种欠缺，这一现象后被称为达克效应。

　　我犯的就是达克效应的错误。

　　达克效应最有意思的地方不在于无知，而在于我们"不知道自己无知"。

　　互联网时代，每个人都比过去的人更容易接触到信息和知识。但是，光靠网上搜索来学习是不够的。有时候，看到好的东西赶紧收藏。可收藏了那么多，真正能来回翻阅并记得住的又有多少呢？

　　也许有人认为，通过对每一项专业的培训，就能让自己懂得很多。培训、考试、发证那是一种学习模式，我们不要高估它的作用。

我看过一些常识性知识问题的问卷，题目包括历史、地理、科学、文学、艺术和个人理财等领域，许多题目我都没做对。这说明自己的书读得太少，而平时自己却没有感觉。

在知识大迁移的时代，光有一个方面的知识，往往是不够用的，也很难适应未来。书读多了，也许才能把所有事情都跟重大核心概念联系起来，这样不仅能解决现实的问题，也能培养自己预测未来的能力。

现在已经进入人工智能时代，机器人也有再学习的能力。人的大脑的储存量是有限的。我们所能储存并烂熟于心的知识真的是少得可怜。我们学习的时间也很少，我们人是需要睡觉的，而机器是不需要睡觉的，它们的学习容量是很可怕的。在这样的时代，自己再放松学习，那就太可怜了。

这个时代太需要大家成为终身学习者。知道自己知道什么，不知道什么，才能获得真正有价值的知识，收获更多的知识红利。

你知道黑天鹅吗?

在发现澳大利亚的黑天鹅之前,欧洲人认为,天鹅都是白色的,"黑天鹅"曾经是欧洲人言谈与写作中的惯用语,用来指不可能存在的事物,但这个不可动摇的信念,随着第一只黑天鹅的出现而崩塌。

相信在第一只黑天鹅出现之前,人们都认为自己是了解天鹅这个物种的。

在人生的道路上,有些事情明明自己不知道,却认为自己已经知道,这是人生的悲剧。但这种情况在我们老家的现实生活中并不鲜见。聊天时,如果有人问起一件事,明明自己不知道,有人会说:"哎呀,这我知道的!"不管是有意还是无意,许多人都有过不懂装懂的经历。

美国康奈尔大学的心理学家对此进行了研究。他们认为,大部分人不懂装懂是为了掩饰自己的无知。如果不能回答别人的问题,会担心对方觉得自己无知。所以,自己的大脑会快速搜索并编造能解答的信息,这造成自己好像对此有些了解的假象。尽管回答不一定正确,但至少聊天时有问有答,不会显得那么无知。

世界上不存在全才,每个人不可能什么都懂。自己不知道的事情,直说不知道,也并不丢人。

尽管不懂装懂不是好的习惯,但它能满足一部分人心理上的需求,不懂装懂还会使人上瘾。如果自己装得什么都懂,和谁都能聊上几句,有人认为也许自己更受别人欢迎。这种受欢迎的优越感会促使大脑分泌多巴胺,让自己感到愉悦。

自己不知道的知识,有时候也许就像一张纸,翻开之后,发现内容非常少，浅显易懂。

有些事情明明自己不知道，但又不肯花工夫去学习，去求助别人或者授权别人去做，结果往往把事情搞得很糟糕。

有些事情别人都知道，而自己却真的不知道，自己又不肯动脑筋，去适应环境或寻找机缘，也没有办法从懵懂到清晰。

我们不要活在自欺欺人的环境里，要善于发现自己不知道的知识。别人已经当作常识了，自己却还"不知道自己不知道"，这样下去，自己就会渐渐无法跟别人去竞争。

移动互联网给了每个人机会，要想改变自己，知道自己不知道的东西，理论上可以通过各种途径和渠道找到，包括知识管理、知识服务、教育培训、商业模式、人脉资源等，只是自己是否愿意花工夫去寻找。

中国著名学者、作家、哲学研究者周国平先生的《内在与从容》一书中说："如果说，认识到人的无知是智慧的起点，那么，觉悟到人的不完美，便是信仰的起点。"无知并不可笑，可笑的是有了一点知识，便自以为无所不知。缺点并不可恶，可恶的是做了一点善事，便自以为有权审判天下所有人。在一切品性中，狂妄离智慧、虔诚最远。明明是凡身肉胎，却把自己当作神，做出一副全知全德的模样。作为一个人来说，再也没有比这更加愚蠢行为了。

当一个人不屑于掩盖自己的愚蠢时，便是傲慢了。自己的无知，往往出于自己的傲慢。也有一些有才能的人往往很傲慢，他们总是不把别人放在眼里，认为自己很了不起，在别人身上学不到东西，于是自负自大、故步自封，陷入自我膨胀里不可自拔。时间长了，便把自己封闭起来，久而久之，只能坐井观天。

一个人学会了遮掩自己的锋芒，才会有真正的才能和智慧。知道了自己的知识盲区，才会不断地学习和进取。当你把姿态降到最低的时候，也许就有意想不到的收获。

在这个浮躁的时代，每一个人都希望被认同。有的人稍微有点儿成绩就飘起来。而真正的成功，一定属于有才而又低调，有功而又谨慎，有成就而又谦卑的人。

　　每个人的认知都很有限，我们何必要等到第一只黑天鹅出现时，才相信它的存在呢？

充满活力地思考

乡下的清晨，相比城里要清静得多。我有早起的习惯，因为清晨是思考问题最好的时光。

我常常想，人为什么有时候好像有生不完的气，诉不完的怨，觉得日复一日的生活很无聊。

其实，人只要不断开动脑筋，用学习和思考充实生活，也会有自己的开心和满足。

有一个青年跟我说，他总喜欢待在家里，经常会感觉很无聊，有时候，他也想在生活中找一些有趣的事情，可是很难发现让自己提起兴趣的事。后来，他带着好奇心去找一些书读，读着读着，他感觉到，读书不光是用眼睛看，更多地是要用脑子思考一些问题。读到激动的时候，他把自己和书中的人物进行比较，擦出了很多的火花。后来，他也做了很多的笔记，渐渐地爱上了写作，还在公开的刊物上发表了一些作品，自己读书的兴趣也越来越浓，原先的那些无聊被挤得很远很远。

他说，生活本来是很平淡的，只要自己不懒惰，肯动脑筋，苍白的生活也可以是彩色的。

现在，这个青年也没有时间再玩那些网上的游戏了，他沉迷于自己的阅读和思考。他的视角有了转换，思考的方法也有了很大的改变。他看书时，也会经常想想书里讲的是不是真有道理，辩证地去看一些问题，自己还跟着作者的思路，去验证书中内容的合理性。有时候，他还带着生活中的一些问题，去请教智者，从直白的语言中感悟一些深刻的道理。

他体会到，人动脑筋去读书和思考，就能发现各种各样的书能带给自己各种体验，自己的思辨能力也比过去强了。动脑筋，能改变自己的思想，也改变自己的生活。

我有一位乡下的朋友，家庭条件并不宽裕，他却千方百计凑了钱给孩子买了一架钢琴。孩子学钢琴有那么重要吗？因为我是外行，自然没有理性的认识。

看上去，演奏钢琴的人往往有些神秘。为了达到完美的演奏水平，他们数百个小时反复练习音阶和乐章。在我们这些普通人眼里，弹钢琴与表演魔术一样让人惊叹，他们技艺精湛，琴声美妙绝伦。学钢琴的人学的不仅是一门艺术，而是练就最强的大脑！钢琴演奏者在弹奏时，大脑神经中精细零件的运作方式与普通人不一样，弹钢琴使他们的大脑十分独特，让他们的大脑发展也更平衡。我们大多数人的大脑生来左、右脑发展就不均衡，而他们在练习弹钢琴的同时，也在锻炼左脑和右脑的和谐。

据说，7岁之前开始练钢琴的人，大脑有关区域有一个自我优化的过程，不需要很大的灰质体积就能稳定、高效地起到调节作用，还可以提高学习效率。难怪我的那位朋友这么重视孩子学钢琴。

人的大脑太重要了。它控制自己的情感反应和行为，甚至是冲动的情绪。大脑充满活力的思考和运作多了，控制情绪和行为的能力就会变强，就能有更强的解决问题的能力，有处理多重任务的技能，拥有更加丰富的创造力。

相反，在不善于动脑筋的人身上，往往自带一种束缚创造性思维的枷锁，阻碍着他们创造力的发挥。他们往往惯用习惯思维，让自己"理所当然"地得出错误结论；把书上的东西拿来照抄照搬，让自己不断客串"纸上谈兵"；盲目地崇拜权威，忘记了自己还有一个可以独立思考的大脑；人云亦云，让自己为了逃避指责，而放弃了真理，无法活成一个真实的自我。

现代社会，人们处在一个快节奏的工作与生活状态中，许多人疲于应付，奔波不停，甚至透支着自己的生命，影响着自己与人的交往和生活质量，也往往让自己陷于苦恼中。

据中国健康教育中心对我国6省市1.3万多名职业人群心理健康状况的调查显示，超过半数的职场人士工作时处于抑郁状态。

为什么社会越进步，科技越发达，物质越丰富，人们却越来越感到焦虑不安呢？这个问题值得思考。

有人习惯于把工作快乐与否，归结于外部因素，找出了工作中种种不开心的理由，由此造成工作效率的低下，焦虑感增多；而有的人具有独立的思考能力，有高度责任感和创造力，所以，他们会享受工作的乐趣，也因为努力工作，获得了相应的荣誉和物质回报。

洛克菲勒曾经说过："如果你视工作为乐趣，人生便是天堂；如果你视工作为一种义务，人生便是地狱。"同样的工作，同样的环境，不同的人，有截然不同的心境和感受，关键是各自的心态不一样。

大脑充满活力地思考和运作的人，就不会发愁他所没有的东西，而会享受他所拥有的东西。拥有工作，不仅解决了生计问题，更让自己的才能有了发挥的舞台；勤于阅读和思考的人，会常常让自己处于兴奋状态。快乐工作不但提高自己的工作效率，更使自己担负起更多的社会责任和使命。

人生的乐趣隐藏在工作中，如果自己长期充满活力地思考和运作，热情地投入工作和学习，自然会享受到更快乐的人生。

时间的自由

在乡下当农民，相对来说，时间是自由的。什么时间下地干活，什么时间收工回家，都是由自己说了算。

但是，上班族就不一样了。今天又是周一，新的一周又开始了。在职场工作的人，总觉得时间不够用，好像缺少了时间的自由。

其实，自由，不是你每天想不上班就不上班，想不学习就不学习，而是即便在繁忙的工作和生活之外，你依然拥有私人的时间。在职场工作的人，一般来说，除了加班的情况，正常上班的8小时以外，还有很多属于自己的时间。

上班族在有限的时间里，想做一件事，还是能挤出时间的。问题是把太多的时间用在了社交上，少了与自己独处的时间，也许就失去了自我。

有些人并不是缺少8小时以外的时间和空间，而是生活态度令人担忧。如今，随着工作、生活、家庭中的压力越来越大，有太多人整日生活得唉声叹气，甚至会因为很小的事，就引发崩溃、抑郁、绝望的心情。

而我也发现，有些年轻人对时间抓得特别紧，明明是一些碎片的时间，也会抓住不放。在大城市里，有的年轻人要在路上花几个小时去上班、下班。即使这样，他们也会带着厚厚的书在车上看。

日本有一档真人秀，栏目组跟拍一个200斤宅女的一天。

早上8点，男友去上班，她依然在睡梦中，快到中午的时候，才慢慢地起床，自己也不做饭就是吃甜食，吃饱后就开始玩游戏，一直等到男友下班回来。

吃过饭后马上钻进了被窝，男友向节目组吐槽："她一直都是这样。差不多 10 分钟过后就会听到她打呼噜的声音。完全不懂她为什么那么累。"

看着她极度不自律的生活作息，我终于明白她 200 斤的身材、满脸的痘痘从何而来。

人本来都是有时间自由的，所谓自由，不是随心所欲，而是自我主宰。

当自己想要的东西与自己的能力不相匹配时，最应该做的是沉下心来，通过自律，安排好时间，修炼内心，经营自己。

主宰自己的时间自由，也不是强迫自己去过辛苦的生活，而是让自己去习惯和适应自律。管得住自己，不是自虐，而是通过约束不好的行为习惯，获得更高一级的生活。

一个极其不自律的人，哪怕他有很多的空闲时间，用得过且过的心态去度过每一天，日子也不会过得怎么样。

真正掌握好了自己时间的自由，你对生活就有不一样的态度，生活也会给你不一样的结果。现在你过的生活，是几年前的你所做的努力决定的。

每个人都可以享受时间的自由。我在乡间散步，也常常在心里对自己说，慢下来、静下来、停下来，听听、看看、想想，老家还有许多不尽如人意的地方，但总体上还是这样的美好。

如果自己没有力量改变世界，也要让自己安静下来。富有不是金钱财富，而是灵魂和身体的富有。安宁的灵魂才属于自己的身体。自己的灵魂和身体有着强大的主宰力。掌控自己的时间，就有了真正的自由。

人有时候也有无奈的选择，要去花时间处理一些没有用的事情，身边总是被一些矛盾和问题困扰。

可是，无论自己是职场精英，还是全职妈妈，都不要忘了给自己一点私人时间。可以利用它看看书，写几篇日记，做一些自己喜欢做的事情，甚至可以看看窗外的风景，静一静也是好的。

条条道路通罗马

我乡下老家有两个孩子在讨论未来的人生规划。我作为旁听者，感到他们的对话有点意思。

一个孩子说，我们虽然出生在普通家庭，又没有什么背景做靠山，但我们可以通过努力，也可以做一些有价值的事情。他列举了从村里走出去的人多么有出息的故事。真是条条道路通罗马。

另一个却说，人的起点不同，从小受到的教育不同，当然结果也不同。他也列举了很多人和事，说明这些人有靠山，最终通过靠山飞黄腾达。理由是有人费尽千辛万苦，才来到罗马，而有的人就出生在罗马。话里多多少少有点悲观的情绪。

"条条道路通罗马"是西方的说法。其实，中国也有一句古话，叫作"天下同归而殊途"。两种说法都是一个意思，就是殊途同归，从不同的道路可以走到同一目的地。

"条条道路通罗马"，是古罗马历史上传下来的一句俗语。

在古代，罗马原先是一个小小的城邦，后来统一了意大利，发展为强盛的国家，并一度建立起横跨欧亚非三洲的罗马帝国。当时民间流传下来的谚语"条条道路通罗马"，是指从意大利半岛乃至欧洲的任何一条大道开始旅行，最后都能到达罗马。

后来在17世纪，法国寓言诗人让德·拉·封丹，又把这句话写进了寓言。寓言说：这3个人都希望进入天堂，成为真正的圣者，但各人选择的道路却不同。然而，他们相信：条条道路通罗马。以后就引申了这句俗语的含义，表示虽然所走的道路不同，但是可以到达共同的目的地。

"条条道路通罗马"这句名言，对我的人生还是有指导意义的。

我们这些普通人家的孩子，虽然没有出生在"罗马"，也没有做出惊天动地的事情，但我们可以选择学习。我们虽然没有在一出生就享受荣华富贵的生活，但我们通过后天的努力可以找到通往成功的路。在精神层面，我们也可以有所作为。读书写作也好，做一些自己觉得有意义的事情也不错。

比别人过得好不好只有自己清楚，我们虽然并不高贵，但能优于过去的自己，没有白活就算不枉此生。

改革开放后，香台村农家女顾贤没有任何的社会背景，但她决定要去大上海闯一闯，她去上海创业已有30多年了。前10年，她多次气馁，也经历了多次的失败，付出了昂贵的代价，依然没有赚到什么钱。但她和老公季能平依然不放弃，付出了常人难以想象的努力。

从她的身上，人们看到了香台头人不轻易服输的影子。功夫不负有心人。10年后，她终于找到了一条通向"罗马"的路。

她负责公司营运，她老公负责技术研发，他们一起创办的江苏上龙供水设备有限公司，如今已成为一家集生产、研发于一体的创新型企业，本部位于上海市普陀区，在上海市、南通市都设有工厂，是国内供水行业控制阀的专业生产企业。

当今国际上流行一种理念，三流企业卖苦力，二流企业卖产品，一流企业卖专利，超一流企业卖标准。科技竞争背后就是标准引领，顾贤创办的企业就是靠做行业标准，打响了企业上龙品牌。这家企业拥有阀类发明专利28项，实用新型专利56项，是上海市高新技术成果转化企业和专利试点企业，公司研发生产的"低阻力倒流防止器"获上海世界博览会"詹天佑奖"，这是中国土木工程设立的奖项。

他们公司还是中国城镇供水排水协会和全国建筑给排水协会的成员单位，先后参与编制给排水领域的国家标准和行业标准15项，其控制类阀门的技术水平在国内同行业中处于领先地位，其中防回流污染技术达到国际先进水平。

　　世界是多么丰富多彩，人生的道路又千差万别，但原则是一样的，目标是一致的，做自己喜欢的事，做能体现人生价值的事，做对人类进步有益的事，是值得称赞的。

　　那两个讨论人生规划的孩子，要是真正付出能体现自我人生价值的努力，当他们年纪大了，回顾自己的一生时，也许会窃喜，总算尝到了"条条道路通罗马"的滋味。

外 在

旧城改造是一个永恒的话题。其实在乡下，村民也在不断盖新房。有的人家房子盖得时间不长，因为样式不好看，便推倒重盖。有人看到别人家盖新房了，自己还住在老旧的屋子里，往往会对旧屋的环境产生厌恶情绪，情绪也会一落千丈。

有人听到周围的一些人生病了，也会联想到自己的身体是不是也有问题，催着子女赶紧带自己去医院预约全面检查。

别人家的孩子升职加薪了，可自己家的孩子还那么不成熟，成天在家无所事事，便感觉自己的教育很失败。

诸如此类，都让自己的情绪波动很大。

外在的人、事、物，往往可以引发自己许多的负面情绪，甚至把所有焦点都聚焦在自己身上。弄得自己浑身不自在，越想越不对劲。

这时候，我们需要调整自己的情绪，回到本真的自我。

每个人的内心都不希望被外界干扰，希望自己自主地生活，但现实往往又不能如自己的心愿，这种情况也不能责怪外在的世界。

因为所有的痛苦、疾病及障碍，都源于自己的贪念、嗔恨、执着、愚昧与妒忌。如果我们自己愿意放下一些不切实际的东西，会变得平静和自在一些。自己平静和自在了，内心也不会很容易被外在的事物所刺激，不需要依靠外在的喧嚣和热闹来证明自己的存在。

我们普通人，每天都在行色匆匆的人流中穿行，每天都在嘈杂、喧嚣的环境中忙碌，许多时候都感到身心疲惫。在疲惫的奔波中希望获得轻松的释放,但又常常感到生活中有太多难以排解的无奈,许多的梦想得不到实现。

即使承认自己的平凡,也时常在无奈中坚持,甚至只盼望瞬间的完美,也往往得不到完美的结果。有时候期待自己平淡的生活能出现向往已久的辉煌,幻想着以自己平庸的能力创造出非凡的成绩,但是,奇迹没有出现,这时候往往就会失去信心。

其实,在这个世界上,无论是谁,都要正视自己所付出的真诚,坚信只要是真诚的付出,就一定有真诚的回报。我们不能只想收获,不想耕耘。

一个真正充实的人,对于声色犬马必然会有一定的免疫力。灵魂若找不到目标,就会迷失;拯救自己的灵魂,比得到其他人的肯定更有价值。我们无法逃避家庭、社会及自己其他的问题,唯有寻觅到内心的平静,不以物喜,不以己悲,才可以不受外界的干扰,做本真的自我。

外在的世界可以影响到我们的情绪,而我们的心也可以影响自己所见到的世界。自己有快乐之心,就可以见到欢欣的世界;自己的内心充满了仇恨,那只能见到令人愤怒的世界;我们心里没有那么忧伤,也就看不到充满悲哀的世界。世界上没有过不去的坎,只有梳理不好的心情。

人内在的负面情绪多了,正能量就必然少了。只有让自己的内心独立、强大起来,才能绽放出自己全新的一面。这不仅对自己好,也是对别人、对外部世界的奉献。

自己的人生完全由自己定义、自己做主,想拥有什么样的健康状态,想体验多少人生经历,想获得什么样的人际关系,想如何提升自己的修为,这一切完全掌握在自己手上,而不在于外部世界。